LA
FILLE DE JOIE,

OU

MÉMOIRES

DE MADEMOISELLE FANNY.

LA
FILLE DE JOIE,

O U

MÉMOIRES

DE MADEMOISELLE FANNY,

Écrits par elle-même.

NOUVELLE EDITION.

AVEC FIGURES.

TOME SECOND.

A LONDRES,

1790.

LA
FILLE DE JOIE.

Ayant déjà passé, de deux années, cet âge que trois lustres ac-
complissent, plusieurs bons partis
s'empressoient à me prouver leur
amour, en me procurant des plaisirs frivoles. J'ignorois encore
ceux qui tiennent à l'union des
cœurs, quand la nature et la liberté, d'accord avec le penchant,
les voient éclore. Si le tempérament me laissa méconnoître ses
vives impressions jusqu'à ce terme,
bientôt il me dédommagea avec
profusion de ce que j'avois ignoré.
Heureux momens ! deux ans se sont
écoulés, depuis qu'endoctrinée
par l'amour, je perdis, plutôt qu'on

ne devoit s'y attendre, ce joyau si difficile à garder, et voici comment. J'étois accoutumée, lorsque ma bonne tante faisoit sa méridienne, de m'aller récréer en travaillant sous un berceau, que côtoyoit un petit ruisseau, qui rendoit ce lieu fort agréable pendant les chaleurs de l'été. Un après-midi que, suivant mon habitude, je m'étois placée sur une couche de roseaux, que j'avois fait mettre à ce dessein dans le cabinet, la tranquilité de l'air, l'ardeur assoupissante du soleil, et plus que tout cela peut-être, le danger qui m'attendoit, me livrèrent aux douceurs du sommeil ; un panier sous ma tête me servoit d'oreiller ; la jeunesse et le besoin méprisent les commodités du luxe.

Il y avoit au plus un quart-
d'heure que je dormois, quand un
bruit assez fort, qui se faisoit dans
le ruisseau dont j'ai parlé plus
haut, dérangea mon sommeil, et
m'éveilla en sursaut. Imaginez-vous
ma surprise, lorsque j'apperçus un
beau jeune homme nud comme la
main, et qui se baignoit dans l'onde
qui couloit à mes pieds. Ce jeune
Adonis étoit, comme je l'ai su
depuis, le fils d'un seigneur du
voisinage, qui m'avoit été inconnu
jusqu'alors.

Les premières émotions que me
causa la vue de ce jeune homme
in naturalibus, furent la crainte et
la surprise; et je vous assure que
je me serois esquivée, si une modestie fatale n'eût retenu mes pas :
car je ne pouvois gagner la maison

sans être vue du jeune drôle. Je
demeurai donc agitée par la crainte
et la modestie, quoique la porte
du cabinet où je me trouvois étant
fermée, je n'avois nulle insulte à
appréhender. La curiosité anima
cependant à la fin mes regards : je
me mis à contempler, par un trou
de la cloison, le beau garçon qui
s'ébattoit dans l'onde. La blancheur
de sa peau frappa d'abord mes yeux,
et parcourant insensiblement tout
son corps, je parvins à discerner une
certaine place couverte d'un poil
noir et luisant, au milieu duquel
je voyois brandiller une pièce de
chair assez molle, qui m'étoit inconnue ; mais malgré ma modestie
je ne pus détourner mes regards.
Enfin, toutes mes craintes firent
place à mes desirs et à des trans-

ports qui sembloient me ravir. Le
feu de la nature qui avoit été caché
si long-temps, commença à déve-
lopper son germe; et je connus,
pour la première fois, que j'étois
fille.

Pendant que je résumois en moi-
même les sentimens qui agitoient
mon jeune cœur, la vue toujours
fixée sur l'aimable baigneur, je le
vis se plonger au fond de l'eau,
aussi rapidement qu'une pierre.
Comme j'avois souvent entendu
parler de la crampe et des autres
accidents que les nageurs ont à
craindre, je m'imaginai qu'une
telle cause avoit occasionné sa
chûte; pleine de cette idée, et
l'ame remplie de l'amour le plus
vif, je volai, sans faire la moindre réflexion sur ma démarche,

A 3

vers le lieu où je crus que mon
secours pouvoit être nécessaire,
mais ne voyant plus nulle trace du
jeune homme, je tombai dans une
foiblesse qui doit avoir duré fort
long-temps, car je ne revins à moi
que par une douleur aiguë, qui
ranima mes esprits vitaux, et ne
m'éveillai que pour me voir, non-
seulement entre les bras de l'objet
de mes craintes, mais tellement
prise, que plus de la moitié de sa
machine m'étoit déjà entrée dans
le corps, si bien que je n'eus ni la
force de me dégager, ni le courage
de crier au secours. Il acheva de
triompher de ma virginité, ce qu'il
reconnut par le sang qui sortit de
ma machine lorsqu'il en retira son
priape, et par la difficulté que l'entrée lui avoit fait éprouver. Im-

mobile, sans parler, couverte de
mon sang, que mon séducteur venoit de faire couler de ma blessure, et prête à m'évanouir de nouveau par l'idée de ce qui venoit de
m'arriver, le jeune seigneur voyant
l'état pitoyable où il m'avoit ré-
duite, se jeta à mes genoux, les
yeux remplis de larmes, en me
priant de lui pardonner, et en me
promettant de me donner toute la
réparation qu'il seroit en son pouvoir de me faire. Il est certain que
si mes forces l'avoient permis dans
cet instant, je me serois portée à
la vengeance la plus sanglante;
tant me parut affreuse la manière
dont il avoit récompensé mon ardeur à le sauver, quoiqu'à la vérité
il ignoroit ma bonne volonté à cet
égard.

Mais avec quelle rapidité l'homme ne passe-t-il point d'un sentiment à un autre. Je ne pus voir sans émotion mon aimable criminel fixé à mes pieds, et mouiller de larmes une main que je lui avois abandonnée, et qu'il couvroit de mille tendres baisers. Il étoit toujours nud, mais ma modestie avoit reçu un outrage trop cruel pour redouter désormais la contemplation du plus beau corps qu'on puisse voir, et ma colère s'étoit tellement appaisée, que je crus accélérer mon bonheur en lui pardonnant. Cependant je ne pus m'empêcher de lui faire des reproches ; mais ils étoient si doux ! j'avois tant de soin de lui en épargner l'amertume ! et mes yeux exprimoient si bien cette langueur déli-

cieuse de l'amour, qu'il ne put
douter long-temps de son pardon :
cependant il ne voulut jamais se
lever que je ne lui promisse d'oublier son forfait. Il obtint facile-
ment sa demande, et scella ensuite
son pardon d'un baiser qu'il prit
sur mes lèvres, et que je n'eus pas
la force de lui refuser.

Après nous être réconciliés de
la sorte, il me conta comment il
s'y étoit pris pour me ravir cette
fleur charmante que les hommes
estiment tant. M'ayant trouvée,
lorsqu'il sortoit de l'eau, couchée
sur le gazon, il crut que je ne
pouvois m'être endormie là sans
quelque dessein prémédité. S'étant
donc approché de moi, et restant
en suspens de ce qu'il devoit croire
de cette aventure, il me prit à tout

hasard entre ses bras, pour me porter sur le lit de joncs qui se trouvoit dans le cabinet, dont il avoit
observé que la porte étoit entr'ou-
verte. Là il essaya, selon qu'il me
le protesta, tous les moyens possibles pour me rappeler à moi-même,
mais sans le moindre succès. Enfin,
emflammé par la vue et l'attouchement de tous mes charmes, il ne
put retenir l'ardeur dont il brûloit,
et les tentations plus qu'humaines
que la solitude et la sécurité ne
faisoient qu'accroître, l'animant
de plus en plus, il me plaça alors
selon son gré, sur l'autel où devoit
expirer cette tendre victime de sa
passion, et se mit incontinent à
satisfaire son amour, jusqu'à ce
que tirée de mon assoupissement
par la douleur qu'il me causoit, je

vis moi-même le reste de cette scène touchante, que je me repré-sente trop vivement pour regretter encore le bijou précieux que j'y perdis. Mon vainqueur ayant fini son discours, et découvrant dans mes yeux les symptômes de la ré-conciliation la plus sincère, me pressa tendrement contre sa poitrine, en me donnant les consolations les plus flatteuses, et l'espérance des plaisirs les plus sensibles. Pendant ce temps, mes yeux jouoient cons-tamment sur l'instrument dont j'a-vois ressenti les affreuses secousses; alors je le vis s'enfler et se roidir de plus en plus, jusqu'à ce que ma main tombant négligemment, le toucha, et s'y fixa par une attrac-tion inconnue. Les feux du désir se rallumèrent dans nos cœurs, et succombant une seconde fois , je goûtai pleinement les délices de cet instant fortuné.

Quoique selon notre accord , je doive ici mettre fin à mon discours, je ne puis cependant m'empêcher d'ajouter que je jouis encore quelque-temps des transports de mon amant, jusqu'à ce que des raisons de famille l'éloignèrent de moi , et que je me vis obligée de me donner au public. Je finis donc en priant *Louise* de nous faire part de ses aventures.

Louise , brunette fort piquante , et dont je crois inutile de vous retracer ici les charmes, se mit alors en devoir de satisfaire la compagnie.

Selon mes louables maximes , dit-elle , je ne vous releverai point

la

la noblesse de ma famille, puisque je ne dois la vie qu'à l'amour le plus tendre, sans que les liens du mariage eussent jamais joint les auteurs de mes jours. Je fus la rare production du premier coup d'essai d'un garçon ébéniste, avec la servante de son maître, dont les suites furent un ventre en tambour, et la perte de sa condition. Mon père, quoique fort pauvre, me mit cependant en nourrice chez une campagnarde, jusqu'à ce que ma mère, qui s'étoit retirée à Londres, s'y mariât à un pâtissier, et me fit venir comme l'enfant d'un premier époux qu'elle disoit avoir perdu quelques mois après son mariage. Sur ce pied je fus admise dans la maison, et n'eus pas atteint l'âge de six ans, que je perdis ce père

B

adoptif, qui laissa ma mère dans
un état honnête, et sans enfans de
sa façon. Pour ce qui regarde mon
père naturel, il avoit pris le parti
de s'embarquer pour les Indes, où
il étoit mort fort pauvre, ne s'é-
tant engagé que pour simple matelot. Je croissois donc sous les yeux
de ma mère, qui sembloit craindre
pour moi le faux pas qu'elle avoit
fait, tant elle avoit soin de m'é-
loigner de tout ce qui pouvoit y
donner lieu; mais je crois qu'il est
aussi impossible de changer les passions de son cœur, que les traits de
son visage.

Quant à moi, l'attrait du plaisir
défendu agissoit si fortement sur
mes sens, qu'il me fut impossible
de ne point suivre les loix de la
nature. Je cherchai donc à tromper

la vigilante précaution de ma mère.
J'avois à peine douze ans, que cette
partie, dont elle s'étudioit tant à
me faire ignorer l'usage, me fit
sentir son impatience par ses titillations, et par un feu secret qui
sembloit redoubler à la vue d'un
homme. Cette ouverture merveil-
leuse avoit même déjà donné des
signes de puberté prématurée, en
s'ombrageant d'un poil naissant
semblable au duvet, qui, j'ose le
dire, avoit pris sa croissance sous
ma main et sous mes yeux, car
j'étois journellement occupée à vi-
siter et à manier ce joli réduit; ces
sensations délicates et les chatouillemens que je sentois souvent, m'a-
voient assez fait comprendre que
c'étoit dans ce petit centre que
gissoit le vrai bonheur : sentiment

qui me faisoit languir avec impatience, après un compagnon de plaisir, et qui me faisoit fuir toute société où je ne croyois pas rencontrer l'objet de mes vœux, pour m'enfermer dans ma chambre, afin d'y gouter, du moins en idée, les transports de l'amour.

Mais toutes ces méditations ne faisoient qu'accroître mon tourment, et augmenter le feu qui me consumoit. C'étoit bien pis encore, lorsque, transportée par les irritations insupportables de ma petite machine, j'en écartois les lèvres pour y faire entrer inutilement un doigt inhabile dans ses opérations. Quelquefois excitée par la véhémence du desir, je me jetois sur le lit, j'écartois les cuisses, et semblois y attendre le membre de-

siré, jusqu'à ce que, convaincue de
mon illusion, je les resserrois et
les frottois l'une contre l'autre.
Enfin, la cause de mes desirs, par
ces impétueux trémoussemens et
ces chatouillemens internes, ne me
laissoit nuit et jour aucun repos.
Je croyois cependant avoir beaucoup gagné, lorsque me figurant
qu'un de mes doigts ressembloit à
la pièce en question, je l'avois introduit dans l'ouverture délicate;
je m'en branlois avec une agitation
délicieuse, entremêlée de douleur,
car je me déflorois autant qu'il
étoit en mon pouvoir; et j'y allois
de si bon cœur, que je me trouvois souvent étendue sur mon lit,
dans une langueur amoureuse qui
me dédommageoit en quelque sorte
de la peine que je souffrois.

B 3

L'homme, comme je l'avois bien
conçu, possédoit seul ce qui pou-
vôit me guérir de cette maladie ;
mais, gardée à vue de la manière
que je l'étois, comment tromper la
vigilance de ma mère, et comment
me procurer le plaisir de satisfaire
ma curiosité, et de goûter une volupté délicieuse et inconnue jusqu'alors à mes sens ?

A la fin un accident singulier me
procura ce que j'avois desiré si
long-temps sans fruit. Un jour que
nous dînions chez une voisine avec
une dame qui occupoit notre premier, ma mère fut obligée d'aller
à *Greenwich*. La partie étant faite,
je feignis, je ne sais comment, un
mal de tête que je n'avois pas, ce
qui fit que ma mère me confia à
une vieille servante de boutique,

car nons n'avions aucun homme dans la maison.

Lorsque ma mère fut partie, je dis à la servante que j'allois me reposer sur le lit de la dame qui logeoit chez nous, le mien n'étant pas dressé ; et que n'ayant besoin que d'un peu de repos pour me remettre, je la priois de ne point venir m'interrompre. Lorsque je fus dans la chambre, je me délaçai et me jetai moitié nue sur le lit. Là, je me livrai de nouveau à mes vieilles et insipides coutumes ; la force de mon tempérament m'excitant, je cherchai par-tout des secours que je ne pouvois trouver ; j'aurois déchiré mes doigts de rage, de ce qu'ils représentoient si mal l'objet de mes vœux, jusqu'à ce que, assoupie par mes agitations, je m'endormis légèrement pour jouir d'un rêve qui, sans doute, doit m'avoir fait prendre les situations les plus séduisantes.

A mon réveil, je trouvai avec surprise ma main dans celle d'un jeune homme qui se tenoit à genoux devant mon lit, et qui me demandoit pardon de sa hardiesse. Il me dit qu'il étoit le fils de la dame qui occupoit la chambre ; qu'il étoit monté sans avoir été apperçu par la servante, et que m'ayant trouvée endormie, sa première résolution avoit été de retourner sur ses pas, mais qu'il avoit été retenu par un pouvoir irrésistible.

Que vous dirai-je ? les émotions, la surprise et la crainte, furent d'abord chassées par les idées du plaisir que j'attendois de cette aventure. Il me sembla qu'un ange étoit descendu du ciel à dessein, car il étoit jeune et bien tourné, ce qui étoit plus que je n'en demandois, *l'homme* étant tout ce que mon cœur desiroit de connoître. Je crus ne devoir ménager ni mes yeux, ni ma voix, ni aucune avance, pour l'encourager à répondre à mes desirs. Je levai donc la tête, pour lui dire que sa mère ne pouvant revenir que vers la nuit, nous ne devions rien craindre de sa part; mais je vis bientôt que je n'avois pas besoin de l'exciter, et qu'il n'étoit pas si novice que je le croyois, car il me dit que si j'avois connu ses dispositions, j'aurois eu plus à espérer de sa violence, qu'à craindre de son respect.

Voyant que lés baisers qu'il imprimoit sur ma main n'étoient pas dédaignés, il se leva, et collant sa bouche sur mes lèvres brûlantes, il me remplit d'un feu si vif, que je tombai doucement à la renverse, et lui sur moi. Les momens étoient trop précieux pour les perdre en vaines simagrées. Mon jeune garçon procéda d'abord à l'affaire principale, pendant qu'étendue sur mon lit, je desirois l'instant de l'attaque avec une ardeur peu commune à mon âge. Il leva mes jupes et ma chemise; mes cuisses s'étant séparées comme d'elles-mêmes, lui offrirent le brâsier le plus ardent de l'amour. Cependant mes desirs augmentant à mesure que je voyois les obstacles s'évanouir, je n'écoutai ni pudeur

ni modestie, et chassant au loin la
timide innocence, je ne respirai
plus que les feux de la jouissance ;
une rougeur vive coloroit mon visage ; mais, insensible à la honte,
je ne connoissois que l'impatience
de voir combler mes desirs.

Jusqu'alors je m'étois servie de
tous les moyens qui m'avoient paru
propres à soulager mes tourmens :
mais quelle différence des attouchemens lascifs d'un homme, à
l'insipide manipulation d'une jeune
fille sur elle-même ! lorsque ses
mains parcoururent cet endroit
chéri des hommes et des dieux, et
que ses doigts se jouèrent dans le
tendre duvet qui en environnoit les
bords, des soupirs emflammés annoncèrent mes desirs.

Enfin, après s'être amusé quel-

que-temps avec ma petite fente,
qui palpitoit d'impatience, il déboutonna sa veste et sa culotte, et
montra à mes regards avides, l'objet de mes soupirs, de mes rêves et
de mon amour; en un mot, le roi
des membres. Je parcourus avec
délices sa longueur et grosseur, sa
tête pourprée..... mais bientôt je
sentis sa chaleur à l'endroit où ré-
side la plus précieuse des sensations; ces deux lèvres écarlates qui
en ferment doucement l'entrée,
sembloient s'ouvrir pour le recevoir, et ajustant sa visée, je sentis,
contre mon espérance, la large tête
du trop heureux priape se frayer
un passage parmi les ravages et le
sang.

Rien ne me paroissoit préférable
à la jouissance que j'allois goûter;

de

de sorte que craignant peu la douleur , je joignis mes secousses à
celles de mon vigoureux athlète :
bientôt l'instant de la volupté fit
disparoître cette fleur qu'on estime
tant, et dont la garde m'avoit causé
tant de peine.

Extasiée, fendue par l'énorme
grosseur du vigoureux bourdon de
mon dévirgineur , et les cuisses
ensanglantées , je restai quelque-
temps accablée par la fatigue et le
plaisir. Mais à la seconde attaque ,
ma plaie , guérie par le cordial
souverain qui en humectoit les
bords , ne me procura que du plaisir ; les douces plaintes que m'a-
voit arraché une douleur cuisante
et momentanée , furent appaisées ;
et je m'abandonnai sans réserve à
tous les transports de l'amour, au-

C

quel je livrai avec ravissement,
toutes mes facultés. Etroitement
unie avec un jeune amant, son alumelle enfoncée jusqu'aux gardes
dans ma blessure, y versoit le plaisir à grands flots ; plus de douleurs
désormais, l'ouverture étoit faite,
et je jouissois d'autant plus déli-
cieusement, que j'avois long-temps
langui après la possession du joyau
qui étoit tout entier dans mon étui.
Bientôt submergée par un torrent
de perles liquides, j'épanchai, de
mon côté, cette liqueur glutineuse
qui fait naître une ivresse trop sen-
tie pour ne pas s'y livrer avec ravissement.

C'est ainsi (continua l'ardente
Louise) que je vis s'accomplir mes
plus violens desirs, et que je perdis cette babiole dont la garde est

semée de tant d'épines ; un accident heureux et inopiné, me procura cette satisfaction, car ce jeune
homme arrivoit à l'instant du col-
lège, et venoit familièrement dans
la chambre de sa mère, dont il
connoissoit la situation, pour y
avoir été souvent autrefois, quoique je ne l'eusse jamais vu, et que
nous ne nous connussions que
d'ouï-dire.

Les précautions du jeune athlète
cette fois et plusieurs autres, que
j'eus le plaisir de le voir, m'épar-
gnèrent le désagrément d'être surprise dans mes fréquens exercices.
Mais la force d'un tempérament
que je ne pouvois réprimer, et qui
me rendoit les plaisirs de la jouissance préférables à ceux d'exister,
m'ayant souvent trahie par des in-

discrétions fatales à ma fortune, je tombai à la fin dans la nécessité d'être le partage du public, ce qui sans doute eût causé ma perte, si la fortune ne m'eût fait rencontrer cet agréable refuge.

A peine Louise avoit-elle cessé de parler, qu'on nous avertit que les confrères étoïent arrivés.

Madame Cole me conduisit en haut. Un jeune cavalier extrême- ment aimable, auquel on m'avoit destinée, vint à notre rencontre, et fut mon introducteur. Mon amour-propre eut lieu d'être con- tent de la surprise que je causai à l'assemblée. Ils m'embrassèrent à la ronde, et me prodiguèrent les éloges les plus flatteurs. Néan- moins ils ne purent s'empêcher de me dire que j'avois un défaut qui

ne s'accordoit pas avec leurs sta-
tuts, et que ce défaut étoit la modestie; dont ils me supplioient de
vouloir bien me dépouiller, de
peur qu'elle n'empoisonnât leurs
plaisirs. Ce fut là le prologue de la
pièce que nous allions jouer.

Tandis que ces messieurs me
faisoient ainsi ma leçon, on servit
un superbe souper, et nous nous
mîmes à table. La bonne chère et le
bon vin bannirent insensiblement
toute sorte de réserve. Des propos
gais, on en vint aux gesticulations.

Alors un des convives disant
qu'il croyoit les instrumens d'accord, madame Cole se retira dis-
crètement, et nous laissa le champ
libre. Aussi-tôt on recula la table,
et l'on mit en sa place un lit de
repos. Je demandai à mon cavalier

C 3

ce que cela signifioit. Il me répondit que le chapitre s'etant assemblé extraordinairement en ma faveur, c'étoit pour m'initier dans leurs mystères ; et qu'il espéroit qu'à l'exemple de mes compagnes qui alloient commencer la cérémonie, je voudrois bien lui permettre de faire, aux yeux des assistans, la première épreuve de ma soumission et de ma docilité. Le peu de répugnance que je témoignai à cette proposition, l'assura de mon consentement.

Les premiers qui ouvrirent la scène, furent un jeune guidon des gardes à cheval, et un jeune lord, son ami, avec la plus douce des beautés, la charmante, la voluptueuse Louise. Notre cavalier pria le lord de se mettre à quatre pieds

à terre, et de lui servir d'autel
pour ce délicieux sacrifice. Il fit
tomber la victime à la renverse, et
s'y étendit avec une vigueur qui
annonçoit une amoureuse impatience. Louise étoit placée le plus
avantageusement possible, sa tête
et tout son corps anonçoit un doux
abandon. Une de ses mains se
porta sans dessein, sous le ventre
du jeune lord. Elle y rencontra le
hochet de Vénus, s'en saisit, et
paya par un doux mouvement de
poignet, le bon office qu'il rendoit
à tous deux.

La position de Louise nous laissoit donc voir les jambes et les
cuisses les mieux tournées ; elles
étoient écartées avec tant de soin
et d'avantage pour la commodité
du champion, que nous pouvions

contempler à notre aise cette charmante ouverture , qui séparoit un
mont couvert d'un beau duvet , et
dont la palpitation continuelle in-
vitoit le sacrificateur à s'y enfoncer.
Le galant étoit déshabillé , et nous
étaloit sa vigoureuse cheville dans
un état à faire envie , et prête à
combattre ; mais sans nous donner
le temps de jouir de cette agréable
vue , il la plongea dans la cellule
de son aimable antagoniste , qui la
reçut en véritable héroïne. Il est
vrai que jamais fille n'eut , comme
elle , une constitution plus heureuse pour l'amour , et une variété
plus grande dans l'expression des
sensations voluptueuses. Nous re-
marquâmes alors le feu du plaisir
briller dans ses yeux , sur-tout
lorsqu'elle introduisit l'instrument

de son bonheur dans la place qui
lui convenoit ; enfin , le fier ai-
guillon atteignant le vif, les irritations redoublèrent avec tant d'ef-
fervescence , qu'elle perdit toute
autre connoissance que celle du
châtouillement qu'elle éprouvoit.
Alors , la partie endommagée fut
agitée d'une fureur si étrange ,
qu'elle remuoit avec une violence
extraordinaire , entremêlant des
soupirs enflammés à la cadence de
ses mouvemens et aux baisers vo-
luptueux qu'elle donnoit à son
amant , qui les lui rendoit avec
profusion, s'efforçant l'un et l'autre
d'arriver au période délectable.
Louise , tremblante et hors d'haleine , nous annonça ce moment
suprême par des mots entrecoupés.
« Ah! monsieur , disoit-elle en

» balbutiant , mon cher mon-
» sieur!.. je vous... je vous... prie,
» ne m'épar... gnez... ne m'épar-
» gnez pas ! ah !... ah !... » Ses
yeux se fermèrent langoureusement
à la suite de ce monologue , et
l'ivresse la fit mourir pour renaître
plutôt , sans doute , qu'elle n'auroit voulu. Cependant son amant ,
arrêtant aussi tout court ses vigou-
reuses secousses , poussa , comme
de concert , le dernier aveu du
plaisir.

Lorsqu'il se trouva désarçonné ,
Louise se leva , vint à moi , me
donna un baiser , et me tira près
de l'autel du plaisir , où l'on me
fit boire à la santé de la prêtresse
qui venoit de sacrifier , et pro-
mettre de suivre son bon exemple.

Dans cet intervalle , le second

couple s'apprêtoit à entrer en lice ;
c'étoit un jeune baron et la tendre
Henriette. Mon gentil écuyer vint
m'en avertir, et me conduisit vers
le lieu de la scène.

Henriette fut donc menée sur la
couche vacante. Rougissant lorsqu'elle me vit, elle sembloit vouloir se justifier de l'action qu'elle
alloit commettre et qu'elle ne pouvoit éviter.

Son amant (car il l'étoit véri-
tablement) la mit sur le pied du
lit, et passant ses bras autour de
son cou, préluda par lui donner
des baisers savoureusement appliqués sur ses belles lèvres, jusqu'à
ce qu'il la fît tomber doucement
sur un coussin disposé pour la recevoir, et se coucha sur elle. Mais,
comme s'il avoit su notre idée, il

ôta son mouchoir, et nous fit voir les deux plus beaux globes du monde, qu'il mania délicatement, avec cette dévotion amoureuse qu'observent les vrais amans.

Après s'être délecté quelques momens dans ces doux ébats, il leva peu-à-peu ses jupes, et exposa à notre vue la plus superbe parade que l'indulgente nature ait accordée à notre sexe. Toute la compagnie qui, moi seule exceptée, avoit eu souvent le spectacle de ces charmes, ne put s'empêcher d'applaudir à la ravissante symétrie de cette partie de l'aimable Henriette; tant il est vrai que ces beautés admirables jouissent du prix d'une singulière nouveauté. Ses jambes et ses cuisses étoient faites au tour, et leur blancheur éclatante étoit encore relevée

relevée par le poil noir et reluisant
qui ombrageoit la fente la mieux
coupée, la plus mignonne qu'on
puisse voir, et dont l'imagination
peut à peine se former une idée.

Son cher amant, qui étoit resté
absorbé par la vue des beautés dont
il alloit jouir, s'adressa enfin à la
cheville ouvrière, et levant sa
chemise, nous fit voir son maître
membre, dont la grosseur nous
étonna. Il étoit placé entre les
cuisses de sa chère Henriette, qui
s'en trouvoit raisonnablement éloignée. D'une main, il écarta les
lèvres brûlantes du séjour de la
volupté, et de l'autre dirigeant
son dard enflammé, il l'introduisit
pouce à pouce par quelques coups
de reins ménagés, jusqu'à ce qu'enfin il l'eut caché tout entier dans

Tome II.   D

le laboratoire de l'amour. Alors,
son poil se confondant avec le duvet mousseux de son aimable patiente, nous apperçûmes toutes les
gradations du plaisir ; les yeux hu-
mides et perlés de la belle Henriette, annoncèrent le bonheur auquel elle étoit prête d'atteindre.
Perforée par un vigoureux bourdon
qui la rendoit passive, elle resta
quelque temps immobile, jusqu'à
ce qu'excitée par les chatouille-
ment délicieux que le frottement
fait naître, elle ne put retenir davantage les transports du plaisir ;
ses mouvemens, d'accord avec
ceux de son vigoureux vainqueur,
ne font que s'accroître ; les cligno-
temens de leurs yeux, l'ouverture
involontaire de leurs bouches, et
la molle extensio de tous leurs

membres, firent connoître à l'assemblée contemplative, l'éjaculation de la liqueur divine; l'aimable couple garda, dans le silence, cette dernière situation, jusqu'à ce qu'enfin les restes du baume de vie furent évaporés de part et d'autre. Un baiser langoureux, donné et repris, marqua le triomphe et la joie du héros qui venoit de vaincre.

Dès qu'Henriette fut délivrée de son agresseur, je volai vers elle et me plaçai à son côté, lui soulevant la tête, ce qu'elle refusa, en reposant son visage sur mon sein, pour cacher la honte que lui donnoit la scène passée, jusqu'à ce qu'elle eût repris peu-à-peu sa hardiesse, et qu'elle se fût restaurée par un verre de vin, que

mon galant lui présenta pendant
que le sien rajustoit ses affaires.

Le possesseur d'Emilie la prit
alors par la main pour commencer la
danse, et la conduisit vers la cou-
chette. Il commença par mettre en
liberté ses tétons, et par défaire tous
ses ajustemens incommodes : alors
un jour nouveau sembla éclairer la
chambre, tant étoit éblouissante la
blancheur de son sein. Il mania
doucement ses deux globes ; mais
leur élasticité repoussant ses doigts,
il s'y prit d'une manière plus sûre,
et les empoigna de ses deux mains,
plaçant entre ses lèvres leurs bou-
tons de rose. Après quelques ins-
tans de ce joli badinage, il leva
tout-à-coup ses jupes et sa chemise jusqu'à la ceinture ; si bien
que restant nue, dans la partie la

plus intéressante, une aimable rougeur couvrit son front, et ses yeux
fixés contre terre sembloient demander quartier, tandis qu'elle
avoit un droit incontestable à la
victoire, par les avantages réels
que la nature lui avoit accordés. En
effet, l'aimable Émilie exposoit à
nos yeux les plus rares trésors de
la jeunesse et de la beauté ; ses
cuisses, qu'elle tenoit closes, étoient
si blanches, si rondes, si admira-
blement potelées, que rien au
monde ne pouvoit engager davantage à l'attouchement; aussi le jeune
gars profita-t-il de toutes ces beautés, et ôtant doucement la main
d'Emilie, que sa pudeur lui avoit
fait porter sur un certain endroit,
il ne nous donna qu'une lueur de
sa petite fente, qui alloit se perdre

entre ses cuisses. Mais on voyoit
d'autant mieux le duvet noir qui.
l'ombrageoit, et dont la beauté étoit.
encore relevée par la blancheur qui.
l'entouroit. Le drôle essaya alors
de mieux exposer au jour cette partie, en écartant ses cuisses, mais
il n'en put venir à bout. Il la mit
donc à son tour sur le dos du jeune
guidon, qui avoit la tête appuyée
sur mon sein, et une de ses mains
qui ravageoit la forêt de Cythère ;
tournant alors la charmante Emilie,
il offrit à nos yeux la plus belle
croupe du monde : ses deux fesses
charnues, blanches et rebondies,
ressembloient à deux monticules de
neige, au bas desquelles on apper-
cevoit une cavité qui terminoit ce
point de vue, et qui s'entr'ouvroit
tant soit peu par l'extension de ses

cuisses, ce qui nous laissa voir l'intérieur incarnat de sa petite machine. Le galant, qui étoit un gentil-homme d'environ trente ans, et
d'une corpulence très-médiocre,
choisit cette situation pour exé-
cuter son projet. Il la plaça donc à
son gré, et l'encourageant par des
baisers et des caresses, il tira son
engin, qui se trouvoit dans une
parfaite érection, et dont la longueur extraordinaire étoit d'autant
plus étonnante, que cette qualité
est peu commune aux personnes de
sa taille. Ayant choisi une direc-
tion convenable, il enfonça son
priape jusqu'aux gardes, tenant ses
mains serrées autour du corps de
la belle, et son ventre se perdant
entre ses fesses, ce qui doit avoir
donné lieu à une chaleur délec-

table. Lorsqu'elle sentit qu'il avoit
pénétré aussi avant qu'il étoit possible , levant la tête et tournant un
peu le cou , elle nous fit voir ses
belles joues, teintes d'un écarlate
foncé , et sa bouche exprimant le
sourire du bonheur , sur laquelle
il appliqua un baiser de feu. Se re-
tournant alors, elle s'enfonça de
nouveau dans son coussin , et resta
dans une situation passive , aussi
favorable que son amant pouvoit la
desirer. Arrivé enfin au moment
du bonheur suprême , le gars fit sa
décharge , ce qui obligea Emilie,
qui , dans cet instant , supportoit
tout le poids de son corps , de se
laisser aller sur la couche , où elle
entraîna aussi son amant , et où ils
restèrent encore quelque tems ,
leurs corps ainsi joints ensemble,

et dans la plus pure extase de la
volupté.

Aussi-tôt qu'Emilie fut libre,
nous l'entourâmes, pour la féliciter
sur sa victoire; car il est à remarquer que quoique toute modestie fût
bannie de notre société, l'on y ob-
servoit néanmoins les bonnes manières et la politesse : il n'étoit permis, ni de montrer de la hauteur,
ni de faire aucuns reproches déso-
bligeans sur la condescendance des
filles pour les caprices des hommes,
lesquels ignorent souvent le tort
qu'ils se font, en ne respectant pas
assez les personnes qui cherchent
à leur plaire.

La compagnie s'approcha ensuite
de moi, et mon tour étant venu
de me soumettre à la discrétion de
mon galant et de celle de l'assem-

blée , le premier m'aborda et me
dit en me saluant avec tendresse :
« Qu'il espéroit que je voudrois
» bien favoriser ses vœux ; mais
» que si les exemples que je venois
» de voir n'avoient pas encore dis-
» posé mon cœur en sa faveur , il
» aimeroit mieux se priver de ma
» possession, que d'être en aucune
» façon l'instrument de mon cha-
» grin. »

Je lui répondis sans hésiter , ou
sans faire la moindre grimace,
« que si je n'avois pas contracté
» un engagement formel avec lui ,
» l'exemple d'aussi aimables com-
» pagnes suffiroit pour me déter-
» miner ; que la seule chose que je
» craignois , étoit le désavantage
» que j'aurois après la vue des
» beautés que j'avois admirées , et

» qu'il pouvoit compter que je le
» pensois comme je venois de le
» dire. »

La franchise de ma réponse plut
beaucoup, et mon galant reçut les
complimens de félicitation de toute
la compagnie.

Madame Cole n'auroit pu me
choisir un cavalier plus aimable
que le jeune seigneur qu'elle m'a-
voit procuré ; car indépendamment
de sa naissance et de ses grands
biens, il étoit d'une figure des plus
agréables, et de la taille la mieux
prise ; enfin, il étoit ce que les
femmes nomment un bel homme.

Il me mena vers l'autel où devoit
se consommer notre mariage de
conscience, et comme je n'avois
qu'un petit négligé blanc, je fus
bientôt mise en jupon et en che-

mise, qui, d'accord aux vœux de la compagnie, me furent encore ôtés par mon amant ; il défit de même ma coëffure, et dénoua mes cheveux, que j'avois, sans vanité, fort beaux.

Je restai donc devant mes juges dans l'état de pure nature, et je dois, sans doute, leur avoir offert un spectacle assez agréable, n'ayant alors qu'environ dix-huit ans. Mes tétons, ce qui, dans l'état de nudité, est une chose essentielle, restoient fermes et durs, sans avoir besoin de l'aide d'un corset. J'étois d'une taille grande et déliée, sans être dépourvue d'une chair nécessaire. Je n'avois point abandonné tellement la pudeur naturelle, que je ne souffrisse une horrible confusion de me voir dans cet état ; mais la la bande joyeuse m'entourant, et me comblant de mille politesses et de témoignages d'admiration, ne me donna pas le temps d'y réfléchir beaucoup; trop orgueilleuse, d'ail-leurs, d'avoir été honorée de l'ap-probation des connoisseurs.

Après que mon galant eut satis-fait sa curiosité et celle de la com-pagnie, en me plaçant de mille manières différentes, la petitesse du réceptacle des amours me faisant passer pour pucelle, mon antago-niste, animé d'une noble fureur, défit tout-à-coup ses habits, jeta bas sa chemise et sa culotte, et resta nu comme la main, exposant au grand jour son priape décoëffé, dans une érection qui faisoit juger de la chaleur de ses desirs. Je vis alors l'ennemi que j'avois à com-

E

battre : il étoit d'une grandeur mé-
diocre , préférable à cette taille
gigantesque , qui dénote ordinairement une défaillance prématurée.
Collé contre mon sein , il tâcha de
faire entrer son idole dans ma cha-
pelle , à quoi je l'aidai en écartant
les cuisses et en avançant le crou-
pion autant qu'il me fut possible ;
enfin il réussit. Alors , fixée sur ce
pivot central, je jetai mes bras autour de son cou , et nous fîmes trois
fois le tour de la couche sans nous
quitter. M'ayant posée sur le pied
du lit , il commença à jouer si fu-
rieusement des reins , que nous at-
teignîmes bientôt le période délicieux , et que je me sentis arrosée
d'un déluge de perles liquides ;
mais comme mon feu n'étoit éteint
qu'à demi , je tâchai de parvenir

à une seconde éjaculation ; mon
antagoniste me seconda si bien,
que nous nous replongeâmes dans
une mer de délices. Me rappelant
alors les scènes dont j'avois été
spectatrice, et celle que je repré=
sentois moi-même en ce moment,
je ne pus retenir mes irritations ;
je me mis alors à califourchon sur
mon amant ; je pris en main son
coursier, et l'introduisis le plus
avant qu'il me fut possible, et par
les mouvemens violens que je me
donnai, je me sentis de nouveau
humectée par l'injection balsami-
que de mon aimable vainqueur.
Après être restée quelque temps
dans une langueur délectable, jusqu'à ce que la force du plaisir fût
un peu modérée, mon amant se
dégagea doucement d'entre mes

cuisses, non sans m'avoir témoigné
auparavant sa satisfaction , par
mille baisers et mille protestations
d'un amour éternel.

La compagnie qui, pendant
notre sacrifice , avoit gardé un profond silence , m'aida à remettre
mes habits , et me complimenta de
l'hommage que mes charmes avoient
reçu, comme elle le disoit, par la
double décharge que j'avois subie
dans une seule jonction. Mon galant me témoigna sur-tout son con-
tentement , et les filles me félici-
tèrent d'avoir été initiée dans les
tendres mystères de leur société.

C'étoit une loi inviolable , dans
cette société , de s'en tenir chacun
à la sienne , sur-tout la nuit , à
moins que ce ne fût du consentement des parties , afin d'éviter le

dégoût et la crapule que ce chan-
gement pouvoit causer.

Il étoit nécessaire de se rafraî-
chir ; on prit le thé , le chocolat ,
méthode nouvelle pour se restaurer;
ensuite , la compagnie se sépara à
une heure après minuit , et des-
cendit deux à deux. Madame Cole
avoit fait préparer , pour mon galant et pour moi , un lit de campagne , où nous passâmes la nuit
dans des plaisirs répétés de mille
manières différentes. Le matin ,
après que mon cavalier fut parti ,
je me levai , et comme je m'habil-
lois , je trouvai dans une de mes
poches , une bonne bourse de guinées , que j'étois occupée à compter
quand madame Cole entra. Je lui
fis part de cette aubaine , et lui of-
fris de la partager entre nous ; mais

E 3

elle me pressa de garder le tout , m'assurant que ce seigneur l'avoit payée fort généreusement. Après quoi elle me rappela les scènes de la veille, et me fit connoître qu'elle avoit tout vu , par une cloison faite exprès , qu'elle me montra.

A peine madame Cole eut-elle finie , que la troupe folâtre des filles entra , et renouvela ses caresses à mon égard. J'observai avec plaisir que les fatigues de la nuit précédente n'avoient en aucune façon altéré la fraîcheur de leur teint, ce qui venoit , à ce qu'elles me dirent , des soins et des conseils que notre bonne mère abbesse leur donnoit. Elles descendirent dans la boutique , tandis que je restai dans ma chambre à me dorloter jusqu'à l'heure du dîner.

Le repas fini, il me prit un léger mal de tête, qui me fit résoudre à me remettre quelques momens sur mon lit. M'étant couchée avec mes habits, et ayant goûté environ une heure les douceurs du sommeil, mon galant vint, et me voyant seule, la tête tournée du côté de la muraille, et le derrière hors du lit, il défit incontinent sa culotte, et jeta bas ses habits, afin de mieux goûter le plaisir de la jouissance; puis, levant mes jupes et ma chemise, il mit au jour l'arrière avenue de l'agréable recoin des délices. Se posant alors doucement entre mes fesses, il m'investit par derrière, et comme il appuyoit son ventre contre mes cuisses, pour faire entrer son braquemard, je sentis sa chaleur naturelle qui m'éveilla en

sursaut ; mais ayant vu qui c'étoit,
je voulus me tourner vers lui, lorsqu'il me pria de garder la posture
que je tenois, et, levant ma cuisse
supérieure, il introduisit son priape
jusqu'à la garde. Après que j'eus
resté quelque temps dans cette position, je commençai à m'impatien-
ter et à jouer des reins, à quoi
mon ami m'aida de si bon cœur,
qu'une décharge liquide des deux
côtés calma bientôt nos transports
amoureux.

Je fus assez heureuse pour con-
server mon amant, jusqu'à ce que
des intérêts de famille, et une riche
héritière qu'il épousa en Irlande,
l'obligèrent à me quitter. Nous
avions vécu à-peu-près quatre mois
ensemble, pendant lesquels notre
petit conclave s'étoit insensible-

ment séparé. Néanmoins madame
Cole avoit un si grand nombre de
bonnes pratiques , que cette désertion ne nuisit en aucune manière à
son négoce. Pour me consoler de
mon veuvage , madame Cole ima-
gina de me faire passer pour vierge;
mais je fus destinée , comme il le
semble , à être ma propre pour-
voyeuse sur ce point.

J'avois passé un mois dans l'inac-
tion , aimée de mes compagnes et
chérie de leurs galans , dont j'élu-
dai toujours les poursuites; lorsque,
passant un jour à cinq heures du
soir , chez une fruitière , dans
Conwent-garden , j'eus l'aventure
suivante :

Tandis que je choisissois quelques fruits dont j'avois besoin , je
remarquai que j'étois suivie par un

jeune gentil-homme habillé très-richement ; mais , au reste , qui n'avoit rien de remarquable, étant d'une figure fort exténuée , et fort pâle de visage. Après m'avoir contemplée quelque temps , il s'approcha du panier où j'étois , et fit semblant de marchander quelque fruit. Comme j'avois un air fort modeste , et que je gardois le *décorum* le plus honnête , il ne put soupçonner la condition dont j'étois. Il me parla enfin , ce qui jeta un rouge apparent de pudeur sur mes joues , et je répondis si sottement à ses demandes , qui lui fut plus que jamais impossible de juger de la vérité ; ce qui fait bien voir qu'il y a une sorte de prévention dans l'homme , qui , lorsqu'il ne juge que par ses premières idées ,

le mène souvent d'erreur en erreur,
sans que sa grande sagesse s'en ap-
perçoive. Parmi les questions qu'il
me fit, il me demanda si j'étois
mariée. Je répondis que j'étois trop
jeune pour y penser encore. Quant
à mon âge, je jugeai ne devoir me
donner que dix-sept ans. Pour ce
qui regardoit ma condition, je lui
dis que j'avois été à Preston, dans
une boutique de modes, et que
présentement j'exerçois le même
métier à Londres. Après qu'il eut
satisfait avec adresse, comme il le
pensoit, à sa curiosité, et qu'il eut
appris mon nom et ma demeure, il
me chargea des fruits les plus rares
qu'il put trouver, et partit fort
content, sans doute, de cette heureuse rencontre.

Dès que je fus arrivée à la mai-

son, je fis part à madame Cole de
l'aventure que j'avois eue ; d'où
elle conclut sagement, que s'il ne
venoit point me trouver, il n'y
avoit aucun mal ; mais que s'il passoit chez elle, il faudroit examiner
si l'oiseau valoit bien les filets.

Notre drôle vint le lendemain
matin dans sa voiture, et fut reçu
par madame Cole, qui s'apperçut
bientôt que j'avois fait une trop
vive impression sur ses sens, pour
craindre de le perdre ; car pour
moi, j'affectois de tenir la tête
baissée, et semblois redouter sa
vue. Après qu'il eut donné son
adresse à madame Cole, et payé
fort libéralement ce qu'il venoit
d'acheter, il retourna dans son carosse.

J'appris bientôt que ce seigneur
n'étoit

n'étoit autre chose que M. Norbert,
d'une fortune considérable, mais
d'une constitution très-foible, et
lequel, après avoir épuisé toutes
les débauches possibles, étoit tombé
dans la manie des pucelages. Madame Cole conclut, de ces pré-
mices, qu'un tel caractère étoit une
juste proie pour elle; que ce seroit
un péché mortel de n'en point tirer
la quintessence, et qu'une fille
comme moi n'étoit que trop bonne
pour lui.

Elle fut donc chez lui à l'heure
indiquée. Après avoir admiré l'a-
meublement riche et luxurieux de
ses appartemens, et s'être plaint
de l'ingratitude de son métier, la
conversation tomba insensiblement
sur moi. Alors elle fit jouer sa
langue, s'armant de toutes les ap-

F

parences d'une vertu rigide, louant
sur-tout mes charmes et ma modestie, et finit par lui donner l'espérance de quelques rendez-vous,
qui ne devoient cependant pas,
disoit-elle, tirer à conséquence.

Comme elle craignoit que de
trop grandes difficultés ne le dé-
goûtassent, ou que quelqu'accident imprévu ne fît éventer notre
mèche, elle fit semblant de se
laisser gagner par ses promesses,
ses bonnes manières; mais sur-tout
par la somme considérable que cela
lui vaudroit.

Ayant donc mené notre frelu-
quet par les différentes gradations
des difficultés nécessaires pour l'en-
flammer davantage, elle acquiesça
enfin à sa demande, à condition
qu'elle ne parût entrer pour rien

dans l'affaire qu'on tramoit contre moi. M. Norbert étoit naturellement assez clairvoyant, et connoissoit parfaitement les intrigues de la ville ; mais sa passion, qui l'aveugloit, nous aida à le tromper. Tout étant au point desiré, madame Cole lui demanda trois cents guinées pour ma part, et cent pour récompenser ses peines et les scrupules de conscience qu'elle avoit dû vaincre avec bien de la répugnance. Cette somme devoit être comptée claire et nette à la réception qu'il feroit de ma personne, qui lui avoit paru plus modeste et plus charmante encore pendant quelques momens que nous nous vîmes chez notre ambassadrice, que lorsque nous nous parlâmes chez la fruitière, du moins l'assuroit-il ainsi.

Lorsque tous les articles de notre traité furent pleinement conclus et ratifiés, et que la somme eut été payée, il ne resta plus qu'à me livrer à sa disposition ; mais madame Cole fit difficulté de me laisser sortir de sa maison, et prétendit que la scène se passât chez nous, quoiqu'elle n'auroit point voulu, pour tout au monde, comme elle le disoit, que ses gens en sussent quelque chose.... sa bonne renommée seroit perdue pour jamais, et sa maison diffamée....

La nuit fixée, avec tout le respect dû à l'impatience de notre héros, madame Cole ne négligea ni soins ni conseils pour que je me tirasse avec honneur de ce pas, et que ma prétendue virginité ne tombât point à faux. La nature

m'avoit formé cette partie si
étroite, que je pouvois me passer
de ces remèdes vulgaires, dont
l'imposture se découvre si aisément
par un bain chaud, et notre abbesse
m'avoit encore fourni, pour le besoin, un spécifique qu'elle avoit
toujours trouvé infaillible.

Toutes choses préparées, M.
Norbert entra dans ma chambre à
onze heures de la nuit, avec tout
le secret et tout le mistère nécessaire. J'étois couchée sur le lit de
madame Cole, dans un déshabillé
des plus galans, et avec toute la
crainte que mon rôle devoit m'inspirer, ce qui me remplit d'une
confusion si grande, qu'elle n'aida
pas peu à tromper mon galant. Je
dis galant, car je crois que le mot
de dupe est trop cruel envers

F

l'homme dont la foiblesse fait souvent notre unique gloire.

Aussi-tôt que madame Cole, après les singeries que cette scène demandoit, eut quitté la chambre, qui étoit bien éclairée à la réquisition de M. Norbert, il vint sautiller vers le lit, où je m'étois cachée sous les draps, et où je me défendis quelque temps avant qu'il pût parvenir à me donner un baiser : tant il est vrai qu'une fausse vertu est plus capable de résistance, qu'une modestie réelle ; mais ce fut bien pis lorsqu'il voulut en venir à mes tétons, car j'employai pieds et poings pour le repousser, si bien que, fatigué du combat, il défit ses habits, et se mit à mes côtés.

Au premier coup-d'œil que je

jetai sur sa personne, je m'apperçus
bientôt qu'il n'étoit point de la
figure ni de la vigueur que l'enlè-
vement des pucelages exige, et que
sa machine molasse avoit plutôt
l'air d'un invalide étique, que d'un
volontaire capable d'un service
aussi vigoureux.

Quoiqu'il eût à peine trente ans,
il étaloit cependant déjà sa pré-
coce vieillesse, et se voyoit réduit
à des provocatifs que la nature se-
condoit très-peu. Son corps étoit
usé par les excès répétés du plaisir
charnel, excès qui avoient imprimé
sur son front les marques du temps,
et qui ne lui laissoient, au printemps de l'âge, que le feu et l'i-
magination de la jeunesse, ce qui
le rendoit malheureux, et le pré-
cipitoit vers une mort prématurée.

Lorsqu'il fut au lit , il jeta bas
les couvertures , et je restai exposée
à sa vue. Ma chemise lui cachant
mon sein et l'antre secret des voluptés , il me la passa par-dessus
la tête ; mais en usa , du reste ,
avec toute la tendresse et tous
les égards possibles , tandis que
de mon côté je ne lui montrai que
de la crainte et de la retenue ,
affectant toute l'appréhension et
tout l'étonnement qu'on peut sup-
poser à une fille parfaitement in-
nocente , et qui se trouve , pour la
première fois, au lit avec un homme
nu. Vingt fois je repoussai ses
mains de mes tétons, qu'il trouva
aussi fermes et aussi polis qu'il
pouvoit le desirer ; mais lorsqu'il
se jeta sur moi , et qu'il voulut
introduire son doigt dans ma

fente, pour commencer l'ouverture, je me plaignis amèrement
de sa façon d'agir. « J'étois per-
» due.... j'avois ignoré ce que
» j'avois fait.... Je me leverois, je
» crierois au secours..... » Au
même moment je serrai tellement
les cuisses, qu'il lui fut impossible
de les séparer. Trouvant ainsi mes
avantages, et maîtresse de sa passion comme de la mienne, je le
menai par gradations où je voulus,
tandis que sa machine, qui étoit
d'une figure fort mesquine, s'enfla
et se roidit joliment par l'attouchement de mon duvet. Voyant
enfin qu'il ne pouvoit vaincre ma
résistance, il commença par m'ar-
gumenter, à quoi je répondis avec
un ton de modestie, « que je ne
» voulois pas cela.... que de mes

» jours je n'avois été traitée de la
» sorte.... que je m'étonnois de ce
» qu'il ne rougissoit pas pour lui
» et pour moi.... » C'est ainsi que
je l'amusai quelques momens; mais,
peu-à-peu, je séparai enfin mes
cuisses, au point qu'il pouvoit toucher ma fente avec le bout de son
mince priape; cependant, comme
il se fatiguoit vainement pour le
faire entrer, je donnai un coup de
reins, qui l'engloutit, et je jetai
en même-temps un cri, disant
qu'il m'avoit percé jusqu'au cœur,
si bien qu'il se trouva désarçonné
par le contre-coup qu'il avoit reçu
de ma douleur simulée. Touché du
mal qu'il crut m'avoir fait, il tâcha
de me calmer par de bonnes paroles, et me pria d'avoir patience.
Etant donc remonté en selle, et

ayant écarté mes cuisses, il recommença ses manœuvres ; mais il n'eut
pas plutôt percé l'orifice, que mes
feintes douleurs eurent lieu de
nouveau.... « Il m'avoit blessée....
» il me tuoit.... j'en devois mou-
» rir.... » Telles étoient mes fré-
quentes interjections. Mais après
plusieurs tentatives réitérées, qui
ne l'avançoient en rien, le plaisir
gagna tellement le dessus chez lui,
qu'il fit un dernier effort, qui
donna assez d'entrée à sa machine
pour que je sentisse à l'orifice la
chaude injection qu'il venoit de
faire, et que j'eus la cruauté de
ne pas lui laisser achever en cet
endroit, le jetant de nouveau à
bas, non sans pousser un grand
cri, comme si j'étois transportée
par le mal qu'il me causoit. C'est

de la sorte que je lui procurai un
plaisir qu'il n'auroit certaiment pas
goûté si j'avois été pucelle. Calmé
par cette première décharge , il
m'encouragea à soutenir une seconde attaque, et tâcha , pour cet
effet , de rassembler toutes ses
forces , en examinant avec soin et
en maniant toutes les parties de
mon corps qui pouvoient l'exciter.
Sa satisfaction fut complette , ses
baisers et ses caresses me l'annoncèrent. Sa vigueur ne revint néanmoins pas sitôt, et je ne le sentis
qu'une fois frapper au but , encore
si foiblement , que , quand je l'aurois ouvert de mes doigts , il n'y
seroit pas entré ; mais il me crut si
peu instruite des choses, qu'il n'en
eut aucune honte. Je le tins le reste
de la nuit si bien en haleine , qu'il

étoit

étoit déjà jour lorsqu'il fit sa seconde salve, à moitié chemin,
tandis que je criois toujours qu'il
m'écorchoit, et que sa vigueur
m'étoit insupportable. Harassé et
fatigué, mon drôle me donna un
baiser, me recommanda le repos,
et s'endormit profondément. Alors
je suivis le conseil de la bonne madame Cole, et donnai aux draps
les prétendus signes de ma virginité.

Dans chaque pilier du lit, il y
avoit un petit tiroir, si artificiel-
lement construit, qu'il étoit impossible de le discerner, et qui
s'ouvroit par un ressort caché. C'é-
toit-là que se trouvoient des fioles
remplies d'un sang liquide, et des
éponges, qui, pressées entre les
cuisses, fournissoient plus de ma-
tière qu'il n'en falloit pour sauver

Tome II.   G

l'honneur d'une fille. J'usai donc
avec dextérité de ce remède, et fus
assez heureuse pour n'être pas surprise dans mon opération, ce qui,
certainement, m'auroit couvert de
honte et de confusion.

Etant à l'aise et hors de tout
soupçon de ce côté-là, je tâchai
de m'endormir, mais il me fut
impossible d'y parvenir. Mon cavalier s'éveilla une demi-heure après,
et ne respectant pas long-tems le
sommeil que j'affectois, il voulut
me préparer à l'entière consomma-
tion de notre affaire. Je lui répondis
en soupirant, « que je n'en vou-
» lois plus.... que j'étois certaine
» qu'il m'avoit blessée et fendue ..
» qu'il étoit si méchant !.... » En
même-temps je me découvris, et
lui montrant le champ de bataille,

il vit les draps, mes cuisses et ma chemise teints de la prétendue marque de ma virginité ravie ; il en fut transporté à un point, que rien ne pouvoit égaler sa joie. L'illusion étoit complette ; il ne put se former d'autre idée que celle d'avoir triomphé le premier de ma personne. Me baisant donc avec transport, il me demanda pardon de la douleur qu'il m'avoit causée, me disant que le pire étant passé, je n'aurois plus que des voluptés à goûter. Peu-à-peu je le souffris, et j'écartai insensiblement les cuisses, ce qui lui donna l'aisance de pénétrer plus avant. De nouvelles contorsions furent mises en jeu, et je ménageai si bien l'introduction, qu'elle ne se fit que pouce à pouce. Enfin, par un coup de reins à pro-

pos , je fis entrer sa foible machine
jusqu'à la garde , et donnant ,
comme il le disoit , *le coup de
grace* à ma virginité , je poussai un
soupir douloureux , tandis que lui ,
triomphant comme un coq qui bat
de l'aile , poursuivit paisiblement
ses frictions , jusqu'au moment de
l'éjaculation, dont je sentis à peine
les effets , que j'affectai d'être
plongée dans une douloureuse
ivresse , et que je me plaignis de
ne plus être fille.

Vous me demanderez peut-être
si je goûtai quelques plaisirs. Je
vous assure que ce fut peu ou point ,
si ce n'est dans les derniers momens, où j'étois échauffée par une
passion méchanique que m'avoit
causée ma longue résistance ; car
au commencement j'eus de l'aver-

sion pour sa personne, et ne consentis à ses embrassemens que dans
la vue du gain qui y étoit attaché,
ce qui ne laissoit pas de me faire
de la peine et de m'humilier, me
voyant obligée à de telles charla-
taneries, qui n'étoient point de
mon goût.

A la fin je fis semblant de me
calmer un peu par les caresses con-
tinuelles qu'il me prodiguoit, et
je lui reprochai alors sa cruauté,
dans des termes qui flattoient son
orgueil, disant qu'il m'étoit impossible de souffrir une nouvelle
attaque, qu'il m'avoit accablée de
douleur et de plaisir. Il m'accorda
donc généreusement une suspension
d'armes, et comme la matinée étoit
fort avancée, il demanda madame
Cole, à qui il fit connoître son

triomphe , et conta les prouesses
de la nuit , ajoutant qu'elle en
verroit les marques sanglantes sur
les draps du lit , où le combat
s'étoit donné.

Vous pouvez aisément vous ima-
giner les singeries qu'une femme ,
de la trempe de notre vénérable
abbesse , mit en jeu dans ce moment. Ses exclamations de honte ,
de regret , de compassion , ne
finirent point ; elle me félicitoit
sur-tout de ce que l'affaire se fût
passée si heureusement, et c'est en
quoi je m'imagine qu'elle fut bien
sincère. Alors elle fit aussi comprendre , que comme ma première
peur de me trouver seule avec un
homme étoit passée, il valoit mieux
que j'allasse chez notre ami , pour
ne point donner de scandale à sa

maison ; mais ce n'étoit réellement
que parce qu'elle craignoit que
notre train de vie ordinaire ne se
découvrît aux yeux de M. Norbert, qui acquiesça volontiers à
cette proposition, puisqu'elle lui
procuroit plus d'aisance et de liberté sur moi.

Me laissant alors à moi-même
pour goûter un repos dont j'avois
besoin, M. Norbert sortit de la
maison sans être apperçu. Après
que je fus éveillée, madame Cole
vint me louer de ma bonne manière
d'agir, et refuser généreusement la
part de mes trois cents guinées,
qui, joint à ce que j'avois déjà épar-
gné, ne laissoient pas que de me
faire une petite fortune honnête.

J'étois donc de nouveau sur le
ton d'une fille entretenue, et j'al-

lois ponctuellement voir M. Norbert dans sa chambre, toutes les
fois qu'il me le faisoit dire par son
laquais, que nous eûmes toujours
soin de prévenir à la porte, pour
qu'il ne vît jamais ce qui pouvoit
se passer dans l'intérieur de la
maison.

Si j'ose juger d'après ma propre
expérience, il n'y a point de filles
mieux payées ni mieux traitées
que celles qui sont entrenues par
de vieux paillards, ou par de jeunes énervés, qui sont le moins en
état d'user du sexe : assurés qu'une
femme doit être satisfaite d'un côté
ou de l'autre, ils ont mille petits
soins, et n'épargnent ni caresses,
ni présens pour remédier, autant
qu'il est possible, au point capital.
Mais le malheur de ces bonnes

gens est, qu'après avoir essayé les
attouchemens lascifs, les postures
et les mouvemens lubriques, pour
se mettre en train, sans pouvoir
accomplir l'affaire, ils ont tellement échauffé l'objet de leurs passions, qu'ils se voient obligés de
chercher, dans des bras plus vigoureux, un remède satisfaisant au feu
qu'ils ont allumé dans leurs vei-
nes, et de planter sur ces chefs
usés, un ornement dont ils sont
fort peu curieux ; car quoique l'on
en dise, nous avons en nous une
passion contrariante qui ne nous
permet pas de nous contenter de
paroles, et de prendre la volonté
pour le fait.

M. Norbert se trouvoit dans ce
cas malheureux ; car quoiqu'il
cherchât tous les moyens de réus-

sir, il ne pouvoit cependant parvenir à son but, sans avoir épuisé
toutes les préparations nécessaires,
qui m'étoient aussi désagréables
qu'inflammatoires. Quelquefois il
me plaçoit sur un tapis près du
feu, où il me comtemploit des
heures entières, et me faisoit tenir
toutes les postures imaginables ;
d'autres fois même ses attouchemens étoient si lascifs et si luxurieux, que leurs titillations me
remplissoient souvent d'une rage
qu'il ne pouvoit jamais calmer ;
car quand même sa pauvre, machine avoit atteint une certaine
érection, elle s'anéantissoit d'a-
bord par une effusion avortive,
qui ne faisoit qu'accroître mon
tourment ; ou qui, lorsque par
bonheur elle s'étoit glissée dans ma

fente, ne répandoit que quelques goûtes tièdes d'une liqueur insuffisante pour éteindre la flamme qui me dévoroit.

Un soir (je ne puis m'empêcher de le rappeler à ma mémoire) que je retournois de chez lui, remplie du desir de la chair, je rencontrai, en tournant la rue, un jeune matelot. J'étois mise de manière à ne point être accrochée par des gens de sa sorte ; il me parla néanmoins, et me jetant la main autour du cou, il me baisa avec transport. Je fus fâchée au commencement de sa façon d'agir, mais l'ayant regardé, et voyant qu'il étoit d'une figure qui promettoit quelque vigueur ; d'ailleurs, bien fait et fort proprement mis, je finis par lui demander, avec douceur, ce qu'il

vouloit. Il me répondit franche-
ment qu'il vouloit me régaler d'un
verre de vin. Il est certain que si
j'avois été dans une situation plus
tranquille, je l'aurois refusé avec
hauteur ; mais la chair parloit, et
la curiosité d'éprouver sa force, et
de me voir traitée comme une cou-
reuse de rue, me fit résoudre à le
suivre. Il me prit donc sous le
bras, et me conduisit familièrement dans la première taverne, où
l'on nous donna une petite chambre avec un bon feu. Là, sans attendre qu'on nous eût apporté le
vin, il défit mon mouchoir, et mit
à l'air mes tétons, qu'il baisa et
mania avec ardeur ; puis ne trouvant que trois vieilles chaises qui
ne pouvoient supporter les chocs
du combat, il me planta contre le
mur,

mur, et levant mes jupes, me
fit voir son superbe brandon,
qu'il approcha de mon dessous, et
qu'il fit agir avec toute l'impétuo-
sité qu'un long jeûne de mer pouvoit lui fournir. Après m'avoir
donné une décharge des plus co-
pieuses, qui m'inonda, changeant
d'attitude et me couchant sur la
table, il me fit de nouveau sentir
la roideur de son engin, qui me
perça jusqu'au cœur, et qui me
lança bientôt une seconde éjaculation, non moins grande que la
première; ce qui, joint à ce que
je venois de répandre, causa un
déluge de liqueurs balsamiques,
qui s'écoula le long de mes cuisses.

Après que tout cela fut passé,
et que je fus devenue un peu plus
calme, je commençai à craindre

H

les suites funestes que cette connoissance pouvoit me coûter, et
je tâchai en conséquence de me
retirer le plutôt possible. Mais mon
inconnu n'en jugea pas ainsi; il
me proposa, d'un air si déter-
miné, de souper avec lui, que je
ne sus comment me tirer de ses
mains. Je tins pourtant bonne contenance, et promis de revenir dès
que j'aurois fait une commission
pressante chez moi. Le bon matelot qui me prenoit pour une femme
publique, me crut sur ma parole,
et m'attendit, sans doute, au souper qu'il avoit commandé pour nous
deux.

Lorsque j'eus conté mon aventure à madame Cole, elle me gronda
de mon indiscrétion, et me remon-
tra le souvenir douloureux qu'elle

pourroit me valoir, me conseillant
de ne pas ouvrir ainsi les cuisses
au premier venu. Je goûtai fort sa
morale, et fus même inquiète pendant quelques jours sur ma santé.
Heureusement mes craintes se trou-
vèrent mal fondées, mon cher ma-
rin ne m'ayant laissé aucune trace
d'infection maligne ; c'est pour-
quoi je répare ici le tort que j'a-
vois fait à sa mémoire.

J'avois vécu quatre mois avec
M. Norbert, passant mes jours dans
des plaisirs variés, chez madame
Cole, et dans des soins assidus pour
mon entreteneur, qui me payoit
grassement les complaisances que
j'avois pour lui, et qui fut si satis-
fait de moi, qu'il ne voulut jamais chercher d'autre amusement.
J'avois su lui inspirer une telle

H 2

économie dans ses plaisirs, et mo-
dérer ses passions, de façon qu'il
commençoit à devenir plus délicat
dans la jouissance, et à reprendre
une vigueur et une santé qu'il sembloit avoir perdues pour jamais; ce
qui lui avoit rempli le cœur d'une
si vive reconnoissance, qu'il étoit
prêt de faire ma fortune, lorsque
le sort écarta le bonheur qui m'attendoit.

La sœur de M. Norbert, pour
laquelle il avoit une grande affection, le pria de l'accompagner à
Bath, où elle comptoit passer quelque temps pour sa santé. Il ne put lui
refuser cette faveur, et prit congé
de moi, le cœur fort gros de me
quitter, en me donnant une bourse
considérable, quoiqu'il crût ne
rester que huit jours hors de ville.

Mais le bon homme me quitta pour jamais, et fit un voyage dont personne ne revient. Ayant fait une débauche de vin avec quelques-uns de ses amis, il but si copieusement, qu'il en mourut au bout de quatre jours. J'éprouvai donc de nouveau les révolutions qui sont attachées à la condition de fille de Joie, et je retournai, en quelque manière, dans le sein de la communauté de madame Cole.

Je restai vacante quelque temps, et me contentai d'être la confidente de ma chère Henriette, qui me contoit les plaisirs suivis qu'elle goûtoit avec son petit baron qui l'aimoit constamment; lorsqu'un jour madame Cole me dit qu'elle attendoit dans peu, en ville, un de ses anciens chalands, nommé

H 3

M. Barville, et qu'elle craignoit de
ne pouvoir lui procurer une compagnie convenable, parce que ce
seigneur avoit contracté un goût
fort bizarre, qui consistoit à se
faire fouetter et à fouetter les autres jusqu'au sang ; ce qui faisoit
qu'il y avoit très-peu de filles qui
voulussent soumettre leur postérieur à ses fantaisies, et acheter,
aux dépens de leur peau, les présens considerables qu'il faisoit.
Mais le plus étrange de l'affaire,
c'est que ce gentilhomme étoit
jeune, car passe encore pour ces
vieux pécheurs qui ne peuvent se
mettre en train que par les dures
titillations que ce manège excite.

Quoique je n'eusse en aucune
façon besoin de gagner à tel prix,
de quoi subsister, et que ce pro-

cédé me parût aussi déplacé que
vilain dans un jeune homme, je
consentis et proposai même de me
soumettre à l'expérience, soit par
caprice, soit par une vaine osten-
tation de courage. Madame Cole,
surprise de ma résolution, accepta
avec plaisir une proposition qui la
délivroit de la peine de chercher
ailleurs.

Le jour fixé, notre flagellant
vint, et je lui fus présensé par madame Cole, dans un déshabillé
fort galant, et convenable à la
scène que j'allois jouer.

Dès que M. Barville m'eut vue,
il me salua avec respect et étonnement, et demanda à mon intro-
ductrice, si une créature aussi
belle et aussi délicate que moi,
voudroit bien se soumettre aux

rigueurs et aux souffrances qu'il étoit accoutumé d'exercer. Elle lui répondit ce qu'il falloit, et lisant dans ses yeux qu'elle ne pouvoit se retirer assez tôt, elle sortit, après lui avoir recommandé d'en user modérément avec une jeune novice.

Tandis que M. Barville m'examinoit, je parcourus avec curiosité la figure d'un homme qui, au printemps de l'âge, s'amusoit d'un exercice qu'on ne connoît que dans les écoles.

C'étoit un fort beau garçon, très-bien découplé, et d'un embonpoint qui faisoit plaisir à voir. Il avoit vingt-trois ans, quoiqu'on ne lui en eût donné que vingt, à cause de la blancheur de sa peau et de l'incarnat de son teint, qui,

joints à sa rotondité, l'auroient
fait prendre pour un *Bacchus*, si
un air d'austérité ou de rudesse,
ne se fût opposé à la parfaite res-
semblance. Son habillement étoit
propre, mais fort au-dessous de sa
fortune; ce qui venoit plutôt d'un
goût bizarre, que d'une sordide
avarice.

Dès que madame Cole fut sortie,
il se plaça près de moi, et son visage commença à se dérider. J'appris par la suite, lorsque je connus
mieux son caractère, qu'il étoit
réduit, par sa constitution naturelle, à ne pouvoir goûter les plaisirs de l'amour, avant de s'être
préparé par la voie extraordinaire
de la flagellation.

Après m'avoir disposée à la constance par des apologies et des pro-

messes ; il se leva et se mit près
du feu, tandis que j'allai prendre,
dans une armoire voisine, les instrumens de discipline, composés
de petites verges de bouleau liées
ensemble, qu'il mania avec autant
de plaisir, qu'elles me causoient
de terreur.

Il approcha alors un banc des-
tiné pour la cérémonie, ôta ses
habits, et me pria de déboutonner
sa culotte et de rouler sa chemise
par-dessus ses hanches, ce que je
fis en jettant un regard sur l'instrument pour lequel cette prépara-
tion se faisoit. Je vis le pauvre
diable qui s'étoit, pour ainsi dire,
retiré dans son ventre, montrant à
peine le bout de sa tête, au travers
du poil où il se perdoit : tel que
vous auriez vu au printemps un

roitelet qui élève le bec hors de l'herbe.

Il s'arrêta ici pour défaire ses jarretières, qu'il me donna, afin que je le liasse par les jambes sur le banc : circonstance qui n'étoit nécessaire, comme je le suppose, que pour augmenter la farce qu'il s'étoit prescrite. Je le plaçai alors sur son ventre, le long du banc, je lui liai les pieds et poings, et j'abattis sa culotte sur ses talons, ce qui exposa à ma vue deux fesses charnues et fort blanches, qui se terminoient insensiblement vers les hanches.

Prenant alors les verges, je me mis à côté de mon patient, et lui donnai, suivant ses ordres, dix coups appliqués de toute la force que mon bras put fournir, ce qui

ne fit non plus d'effet sur lui , que
la piquûre d'une mouche n'en
fait sur les écailles d'une écre-
visse. Je vis avec étonnement sa
dureté ; car les verges avoient déchiré sa peau , dont le sang étoit
prêt à couler, et je retirai plusieurs
esquilles de bois , sans qu'il se
plaignit du mal qu'il devoit souffrir.

Je fus tellement émue , à cet
aspect pitoyable, que je me repen-
tois déjà de mon entreprise, et que
je me serois volontiers dispensée
de faire le reste ; mais il me pria
de continuer mon office , ce que je
fis , jusqu'à ce que le voyant se
frotter contre le banc, d'une manière qui ne dénotoit aucune douleur , curieuse de savoir ce qui en
étoit , je glissai doucement la main
sous une de ses cuisses , et trouvai
les

les choses bien changées , à mon
grand étonnement ; cette machine
que je croyois impalpable , avoit
pris une consistance si surpre-
nante , que sa tête auroit suffi
seule pour remplir l'intérieur de
ma coquille , et lorsqu'en s'agitant
de côté et d'autre , il l'eut fait
paroître à mes yeux , j'en fus effrayée ; car elle étoit courte , et
d'une grosseur qui répondoit à
l'embonpoint du maître ; mais dès
qu'il sentit ma main , il me pria de
continuer vivement ma correction ,
si je voulois qu'il atteignît le dernier période.

Reprenant donc les verges , je
recommençai d'en jouer de plus
belle , quand , après quelques vio-
lentes émotions , et deux ou trois
soupirs , je vis qu'il resta sans mou-

I

vement. Il me pria alors de le dé-
lier, ce que je fis au plus vîte,
surprise de la force passive dont
il venoit de jouir, et de la manière cruelle qu'il se la procuroït ;
car lorsqu'il se leva , à peine pou-
voit-il marcher, tant j'y avois été
de bon cœur.

J'apperçus alors sur le banc les
marques de la copieuse effusion
qu'il venoit de répandre , et je vis
son vilain membre qui s'étoit déjà
de nouveau caché dans son poil ,
comme s'il avoit été honteux de
montrer sa grosse tête ; ne voulant
céder qu'aux coups réitérés sur ses
deux voisines postérieures , qui
souffroient seules du caprice de ce
priape entêté.

Mon gaillard , ayant repris ses
habits , se plaça doucement près de

moi, avec une fesse sur le coussin,
qui étoit encore trop dur pour son
derrière en marmelade.

Il me remercia alors beaucoup
du plaisir que je venois de lui
donner, et voyant quelques marques de terreur sur mon visage, il
me dit : que si je craignois de me
soumettre à sa discipline, il se pas-
seroit de cette satisfaction ; mais
que si j'étois assez complaisante
pour cela, il ne manqueroit pas de
considérer la différence du sexe,
et la délicatesse de ma peau. En-
couragée, ou plutôt piquée d'honneur de tenir la promesse que j'a-
vais faite à madame Cole, qui,
comme je ne l'ignorois point, voyoit
tout par le trou pratiqué pour cet
effet, je ne pus me défendre de
subir la fustigation.

J'acceptai donc sa demande ,
avec un courage qui partoit de mon
imagination plutôt que de mon
cœur : je le priai même de ne point
tarder , craignant que la réflexion
ne me fît changer d'idée.

Il n'eut qu'à défaire mes jupes
et lever ma chemise jusqu'au nombril , ce qu'il fit : lorsqu'il vit mon
postérieur à nu , il le contempla
avec joie , puis me coucha sur le
banc , posant ma tête sur le coussin.
J'attendois qu'il me liât , et j'éten-
dois même déjà , en tremblant , les
mains pour cet effet ; il me dit
qu'il ne vouloit pas pousser ma
constance jusqu'à ce point , mais me
laisser libre de me lever quand le
jeu me déplairoit.

Tout mon derrière nu étoit pleinement à sa disposition ; il se plaça ,

au commencement, à une petite
distance de ma personne, et se
délecta à parcourir les plus secrets
recoins de la partie que je lui avois
abandonnée; puis sautant vers moi,
il la couvrit de mille tendres baisers, et prenant alors les verges,
il commença à badiner légèrement
sur ces deux masses tremblantes ;
mais bientôt redoublant peu-à-peu
ses coups, mes pauvres fesses sanglantes s'ouvrirent en mille plaies.
Alors s'élançant sur elles, il les
baisa en les suçant, ce qui soulagea
un peu ma douleur. Il me fit poser
ensuite sur mes genoux, les cuisses
écartées, ce qui mit au jour le
centre des plaisirs, sur lequel le
barbare dirigea ses coups, qui me
faisoient faire mille contorsions
variées, dont la vue le ravissoit.

I 3

Il jeta alors ses verges, mania mes grosses lèvres, sur lesquelles il appliqua les siennes; puis les ouvrit, les branla, se joua dans la mousse qui les couvre, et reprit enfin sa férule, dont il recommença à me fustiger sur nouveaux frais. Je supportai tout, et ne donnai aucune marque de mécontentement, bien résolue néanmoins de ne plus m'exposer à des caprices aussi étranges.

Vous pouvez bien penser dans quel pitoyable état mon pauvre poste-face fut réduit, écorché, gonflé et sanglant, sans que je sentisse la moindre idée de volupté, quoique l'auteur de mes peines me fît mille complimens et mille caresses.

Dès que j'eus repris mes habits,

madame Cole apporta elle-même un souper qui auroit satisfait la sensualité d'un cardinal, sans compter les vins délicieux qui l'accompagnèrent. Après nous avoir servi, notre discrète abbesse sortit sans dire un mot, ni sans avoir souri, précaution nécessaire pour ne point me remplir d'une confusion qui auroit nui à la bonne chère.

Je me mis à côté de mon boucher, car il me fut impossible de regarder d'un autre œil un homme qui venoit de me traiter si rudement, et mangeai quelque temps en silence, fort piquée des sourires qu'il me lançoit de temps en temps.

Mais à peine le souper fut-il fini, que je me sentis possédée d'une si terrible démangeaison, et

de titillations si fortes, qu'il me
fut pour ainsi dire impossible de
me contenir : la douleur des coups
de verges s'étoit changée en un feu
qui me dévoroit, et qui me faisoit
serrer et frotter les cuisses, sans
pouvoir dissiper l'ardeur de cer-
tains endroits, où s'étoient concen-
trés, je crois, tous les esprits vitaux de mon corps.

Mon compagnon, qui lisoit dans
mes yeux la crise où j'étois, et qui
n'ignoroit pas les suites de la flagellation, eut pitié de moi. Il tira
la table, déboutonna sa culotte, et
tâcha de provoquer son cruel priape;
mais le vilain instrument ne voulut
pas céder à nos instances : il fallut
donc en venir aux verges, dont
j'usai de bon cœur, et dont je vis
bientôt les effets, par la croissance

de l'alumelle de mon homme, qui, profitant du moment heureux, me plaça sur le banc, et commença à jouer au trou-madame. Mes pauvres fesses ne pouvant souffrir la dureté du banc sur lequel M. Barville me clouoit, je dus me lever pour me placer la tête sur une chaise et le cul en l'air : cette posture fut encore infructueuse, car je ne pus supporter l'attouchement vigoureux de son ventre contre la partie meurtrie. Le plaisir est inventif! Il me prit tout d'un coup, me mit nue comme la main, plaça un coussin près du feu, il entrelaça mes jambes autour de son cou, si bien que je ne touchois à terre que par la tête et les mains. Quoique cette posture ne fût point du tout agréable, notre imagination étoit

si échauffée, et il y alloit de si
bon cœur, que la grosse tête de sa
machine fut bientôt placée dans
mon endroit, ce qui me fit oublier
ma douleur et ma position forcée.
Après quelques mouvemens de part
et d'autre, je sentis enfler son
priape, et goûtai à longs traits les
flots de l'injection qu'il me lançoit :
de mon côté, je rencontrai si juste
l'instant de cette décharge, que je
répandis à point nommé le nectar
de la nature, ce qui me remplit de
telle sorte l'orifice, que cette précieuse liqueur en sortit à gros
bouillons, et vint me couler le
long des cuisses.

J'avois donc achevé cette scène
plus agréablement que je n'aurois
osé l'espérer, et je fus sur-tout fort
contente des louanges que M. Bar-

ville donna à ma constance, et du présent magnifique qu'il me fit, sans compter la généreuse récompense que madame Cole en obtint.

Je ne fus pas cependant tentée de recommencer sitôt cette manipulation magistrale, qui avoit fait sur mes pauvres fesses tout l'effet des mouches cantharides ; ayant plutôt besoin d'une bride pour retenir mon tempéramment, que d'un éperon pour lui donner plus de feu.

Madame Cole, à qui cette aventure m'avoit rendue plus chère que jamais, redoubla d'attention à mon égard, et se fit un plaisir de me procurer bientôt une bonne pratique.

C'étoit un seigneur d'un certain âge, et fort grave, dont le plaisir consistoit à peigner de belles tresses de cheveux. Comme j'avois une tête bien garnie de ce côté-là , il venoit régulièrement tous les matins à ma toilette , pour satisfaire son goût. Il passoit souvent plus d'une heure à cet exercice , sans se permettre jamais d'autres droits sur ma personne , ce qui dura jusqu'à ce qu'un rhume m'enleva ce vieux et insipide fou.

Je vécus depuis dans la retraite , et je m'étois toujours si bien su retirer d'affaire , que ma santé ni mon teint n'avoient encore souffert aucune altération. Louise et Emilie n'en usoient pas si modérémeut , et quoiqu'elles ne fussent point des abandonnées, elles poussoient néanmoins souvent, la débauche à un excès qui prouve que , quand une fille s'est souvent écartée de la modestie

destie, il n'y a point de licence où
elle ne se plonge alors volontaire-
ment. Avant que de continuer le
fil de mon histoire, je crois devoir
rapporter ici deux aventures dans
lesquelles je fus mêlée, et qui ser-
viront à faire connoître mes deux
compagnes.

Un matin que madame Cole et
nos autres compagnes étoient sor-
ties, nous fîmes entrer dans la boutique un gueux qui vendoit des
bouquets. Le pauvre garçon étoit
si insensé et si bègue, qu'à peine
pouvoit-on l'entendre. On l'appe-
loit dans le quartier, Dick le Bon,
parce qu'il n'avoit pas l'esprit d'être
méchant, et que les voisins, abu-
sant de sa simplicité, en faisoient
ce qu'ils vouloient. Au reste, il
étoit bien fait de sa personne,

K

jeune, robuste et d'une figure assez
revenante pour tenter quiconque
n'auroit point eu de dégoût pour
la mal-propreté et les guenilles.

Nous lui avions souvent acheté
des fleurs par pure compassion; mais
Emilie, qu'un autre motif excitoit
alors, ayant pris deux de ses bouquets, lui présenta malicieusement
un écu à changer. Dick, qui n'a-
voit point le premier sou, se grat-
toit l'oreille, et donnoit à entendre, par son embarras, qu'il ne
pouvoit fournir la monnoie d'une
si grosse pièce. « Eh bien, mon
» enfant, lui dit Emilie, monte
» avec moi, je te paierai. » En
même-temps elle me fit signe de la
suivre, et m'avoua, chemin faisant, qu'elle se sentoit une étrange
curiosité de savoir si la nature ne

l'avoit pas dédommagé , par quelque don particulier du corps , de la privation de la parole et des facultés intellectuelles. La scrupuleuse modestie n'ayant jamais été mon vice , loin de m'opposer à une pareille lubie, je trouvai son idée si plaisante, que je ne fus pas moins empressée qu'elle à m'éclaircir sur ce point. J'eus même la vanité de vouloir être la première à faire la vérification des pièces. Suivant cet accord , dès que nous eûmes fermé la porte , je commençai l'attaque en lui faisant de petites niches, et employant les moyens les plus capables de l'émouvoir. Il parut d'abord, à sa mine honteuse et interdite, à ses regards sauvages et effarés , que le badinage ne lui plaisoit pas ; mais je fis tant par mes

K 2

caresses , que je l'apprivoisai et le
mis insensiblement en humeur. Un
rire innocent et nigaud annonçoit
le plaisir que la nouveauté de cette
scène lui faisoit. Lé ravissement
stupide où il étoit, l'avoit rendu
si docile et si traitable , qu'il me
laissa faire tout ce que je voulus.
J'avois déjà senti la douceur de sa
peau à travers maintes déchirures
de sa culotte , et m'étois par grada-
tion saisie du véritable et sensible
végétatif , qui , loin de se retirer
au toucher de mes doigts , s'alon-
geoit et se gonfloit pour les rencontrer. Il fut bientôt en si bel état ,
que je vis le moment que tout alloit
rompre sous ses efforts. Je détor-
tillai une espèce de ceinture dé-
chiquetée de vieillesse , et rangeant
une loque de chemise qui cachoit

en partie ce respectable morceau,
je le découvris dans toute son étendue et sa pompeuse forme. J'avoue
qu'il n'étoit guère possible de rien
voir de plus superbe. Aussi, ma
lascive compagne, ravie en admiration, et domptée par le démon
de la concupiscence, me l'ôta brus-
quement de la main, puis tirant,
comme on fait un âne par le licou,
le paisible Dick vers le lit, elle
s'y laissa tomber à la renverse, et,
sans lâcher prise, le guida dans le
charmant labyrinthe des amours.
L'innocent y fut à peine introduit,
que l'instinct lui apprit le reste. Il
enfonça, déchira, pourfendit la
pauvre Emilie; mais elle eut beau
crier, il étoit trop tard. Le fier
agent, animé par le puissant ai-
guillon du plaisir, devint si fu-

K 3

rieux, qu'il me fit trembler pour
la patiente. Son visage étoit tout
en feu ; ses yeux étinceloient, il
grinçoit les dents. Tout son corps,
agité d'une impétueuse rage, faisoit
voir quel excès de force la nature
opéroit en lui. Tel on voit un jeune
taureau sauvage, que l'on a poussé
à bout, renverser, fouler aux pieds,
frapper des cornes tout ce qu'il rencontre : tel le forcené Dick brise,
rompt tout ce qui s'oppose à son
passage. Emilie toute sanglante se
débat, m'appelle à son secours, et
fait mille efforts pour se dérober
de dessous ce cruel meurtrier, mais
inutilement : son haleine auroit
aussi-tôt calmé un ouragan, qu'elle
auroit pu l'arrêter dans sa course.
Au contraire, plus elle s'agite et se
démène, plus elle accélère et pré-

cipite, sa défaite. Dick , machina-
lement gouverné par la partie ani-
male , la pince , la mord et la se-
coue avec une ardeur moitié féroce
et moitié tendre. Cependant Emilie
à la fin supporta plus patiemment
le choc, et bientôt le sentiment de
la douleur faisant place à celui du
plaisir , elle entra dans les transports les plus vifs de la passion , et
seconda de tout son pouvoir la
brusque activité de son acteur. Tout
trembloit sous la violence de leurs
mouvemens mutuels. Agités l'un et
l'autre d'une fureur égale , ils sembloient possédés du diable de la
luxure. Sans doute ils auroient suc-
combé à tant d'efforts , si la crise
délicieuse de la suprême joie ne les
eût arrêtés subitement et n'eût ter-
miné le combat.

C'étoit une chose pitoyable et burlesque à-la-fois de voir la contenance du pauvre insensé après cet exploit. Il paroissoit plus imbécille et plus hébété de moitié qu'auparavant. Tantôt, d'un air stupéfait, il laissoit tomber un regard morne et languissant sur le déplorable et flasque instrument qui venoit de lui faire tant de plaisir : tantôt, fixoit d'un œil triste et hagard Emilie, et sembloit lui demander l'explication d'un pareil phénomène. Enfin, l'idiot ayant petit-à-petit repris ses sens, son premier soin fut de courir à son panier et de compter ses bouquets. Nous les lui prîmes tous, et les lui payâmes le prix ordinaire, n'osant pas le récompenser de sa peine, de peur qu'on ne vînt à découvrir les motifs de notre générosité.

Louise s'esquiva, quelques jours après , de chez madame Cole avec un jeune homme qu'elle aimoit beaucoup , et depuis ce temps , je n'ai plus reçu de ses nouvelles.

Peu après qu'elle nous eut quitté, deux jeunes seigneurs de la connoissance de madame Cole , et qui avoient autrefois fréquenté son académie , obtinrent la permission de faire , avec Emilie et moi , une partie de plaisir dans une maison de campagne située sur le bord de la Tamise , et qui leur appartenoit.

Toutes choses arrangées , nous partîmes un après-midi d'été pour le rendez-vous , où nous arrivâmes sur les quatre heures. Nous mîmes pied à terre près d'un pavillon propre et galant , où nous fûmes

introduites par nos écuyers , et
rafraîchies d'une collation délicate,
dont la joie , la fraîcheur de l'onde
et la politesse marquée de nos galans rehaussoient le prix.

Après cette réfection , nous fîmes
un tour au jardin , et l'air étant
fort chaud , mon cavalier proposa ,
avec sa franchise ordinaire , de
prendre ensemble un bain dans une
petite baie de la rivière , auprès du
pavillon , où personne ne pouvoit
nous voir ni nous distraire.

Emilie , qui ne refusoit jamais
rien , et moi qui aimois le bain à
la folie , nous acceptâmes la proposition avec plaisir. Nous retour-
nâmes donc d'abord au pavillon ,
qui , par une porte , répondoit à
une tente dressée sur l'eau , de façon qu'elle nous garantissoit de

l'ardeur du soleil et des regards des indiscrets.

Il y avoit autant d'eau qu'il en falloit pour se baigner à l'aise ; mais autour de la tente on avoit pratiqué des endroits secs pour s'habiller, ou, enfin, pour d'autres usages que le bain n'exige pas. Là se trouvoit une table chargée de confitures, de rafraîchissemens et de confortatifs nécessaires contre la maligne influence de l'eau. Enfin mon galant, qui auroit mérité d'être l'intendant des menus plaisirs d'un empereur romain, n'avoit rien oublié de tout ce qui peut servir au goût et au besoin.

Dès que nous eûmes assuré les portes, et que tous les préliminaires de la liberté eurent été réglés de part et d'autre, l'on cria :

bas les habits : aussi-tôt nos deux amans sautèrent sur nous et nous mirent dans l'état de pure nature. Nos mains se portèrent d'abord vers cette fente ombragée de la plus belle mousse ; mais ils ne nous laissèrent pas long-temps dans cette posture, nous priant de leur rendre le service que nous venions de recevoir d'eux, ce que nous fîmes de bon cœur.

Mon cavalier fut bientôt nu , à la chemise près , dont il me fit remarquer les mouvemens, causé par un instrument qu'elle cachoit , et qu'il me montra ensuite à découvert , aussi droit qu'une pique. Il voulut sur - le - champ m'en faire éprouver la force ; mais plus pressée du desir de me baigner, je le priai de suspendre l'affaire ; donnant

ainsi

ainsi à nos amis l'exemple d'une
continence qu'ils étoient sur le
point de perdre , nous entrâmes
main à main dans l'onde , dont la
benigne influence calma la chaleur
de l'air , et me remplit d'une volupté amoureuse.

Je m'occupai quelque temps à
me laver et à faire mille niches à
mon compagnon , laissant à *Emilie*
le soin d'en agir avec le sien à sa
discrétion. Mon drôle , peu content
à la fin de me plonger dans l'eau
jusqu'aux oreilles , et de me mettre
en différentes postures , commença
à jouer des doigts sur ma gorge ,
sur mes fesses et sur tous ces petits
et cœtéra , si chers à l'imagination ,
le tout sous prétexte de les laver.
Comme nous n'avions de l'eau que
jusqu'au nombril , il put manier a

son aise cette partie qui distingue
notre sexe, et qui se trouve si ad-
mirablement fermée, qu'aucune liqueur ne sauroit y avoir accès : en
l'ouvrant des doigts, il y faisoit
entrer plus de feu que d'eau. Il ne
tarda pas d'y pousser son engin,
qui étoit d'une roideur propre à
satisfaire mon envie. Je ne pus cependant me prêter à sa volonté,
parce que nous étions dans une posture trop génante pour que j'y goû-
tasse du plaisir ; ainsi je le priai
de différer un instant, afin de voir,
à notre commodité, les débats
d'*Emilie* et de son galant, qui en
étoient au plus fort de l'opération.
Ce jeune homme, ennuyé de jouer
des épinettes, avoit couché sa patiente sur un banc, où il lui faisoit
sentir la différence qu'il y a du
badinage au sérieux.

Il l'avoit premièrement mise sur
ses genoux , lui montrant d'une
main sa superbe machine , qui ne
ressembloit pas mal à une pièce
d'ivoire animée, au bas de laquelle
pendoient ces deux boules si déli-
cieuses au toucher , et si capables
de faire naître l'amour. De l'autre
main il lui avoit manié les plus
belles des lèvres , pour les préparer
à recevoir leur vainqueur , qui tenoit sa tête de cardinal élevée , et
sembloit demander à être admis ,
ce que la charmante *Emilie* refusoit
tendrement , afin de rendre les
plaisirs plus vifs et plus piquans.

Comme l'eau avoit jeté un incarnat animé sur leurs corps , dont
la peau étoit à-peu-près d'une même
blancheur, on pouvoit à peine dis-
tinguer leurs membres, qui se trou-

voient dans une aimable confusion.
Le champion s'étant pourtant à la
fin mis à l'ouvrage , alors plus de
tous ces rafinemens et de ces tendres
ménagemens. *Emilie* se trouva in-
capable d'user d'aucun art ; et de
quel art , en effet , auroit-elle usé ,
tandis qu'emportée par les secousses
qu'elle éprouvoit , elle devoit céder
à son fier conquérant , qui avoit
fait pleinement son entrée triom-
phale ? Bientôt cependant il fut
soumis à son tour ; car l'engagement étant devenu plus vif , elle le
força de payer le tribut de la nature , qu'elle n'eut pas plutôt re-
cueilli , que , semblable à un duel-
liste qui meurt en tuant son ennemi , la belle *Emilie* fit de son côté
une copieuse décharge , et nous
donna à connoître , par un profond

soupir, par l'extension de ses membres et par le trouble de ses yeux, qu'elle avoit atteint la volupté suprême.

Pour ma part, je n'avois point vu toute cette scène avec une patience bien calme; je me reposois avec langueur sur mon galant, à qui mes yeux annonçoient la situation de mon cœur. Il m'étendit et me montra son membre, de telle roideur, que quand même je n'aurois pas desiré de le recevoir, c'eût été un péché de laisser crever le pauvre garçon dans son jus, tandis que le remède étoit si près.

Nous prîmes donc un banc, pendant qu'Emilie et son ami buvoient à notre bon voyage; car comme ils l'observoient, nous étions favorisés d'un vent admirable. A la vérité,

L 3

nous eûmes bientôt atteint le port
de Cythère , et déchargé cette précieuse liqueur qui nous pesoit si
fort ; mais comme les circonstances
ne nous permirent pas d'admettre
beaucoup de variations , je t'en
épargnerai le détail trop uniforme.

Je te prie aussi , ma chère amie ,
de vouloir excuser le style figuré
dont je me suis servie , quoiqu'il
ne puisse être mieux employé que
pour un sujet qui est si propre à la
poésie , qu'il semble être la poésie
même , tant par les imaginations
pittoresques qu'il enfante, que par
les plaisirs divins qu'il procure.

Nous passâmes le rete de la jour-
née et une partie de la nuit , dans
mille plaisirs variés , et fûmes re-
conduites en bonne santé chez madame Cole , par nos deux cavaliers ,

qui ne cessèrent de nous remercier
de l'agréable compagnie que nous
leur avions faite.

Ce fut ici la dernière aventure
que j'eus avec Emilie, qui, huit
jours après, fut découverte par ses
parens ; lesquels ayant perdu leur
fils unique, furent si charmés de
retrouver une fille qui leur restoit,
qu'ils n'examinèrent seulement pas
la conduite qu'elle avoit tenue pendant une si longue absence.

Il ne fut pas aisé de remplacer
cette perte, car pour ne rien dire
de sa beauté, elle étoit d'un caractère si liant et si aimable, que
si l'on ne l'estimoit pas, on ne
pouvoit cependant se passer de
l'aimer. Elle ne devoit sa foiblesse
qu'à une bonté trop grande, et à
une indolente facilité, qui la ren-

doit l'esclave des premières impressions. Enfin, elle avoit assez de
bon sens pour déférer à de sages
conseils, lorsqu'elle avoit le bonheur d'en recevoir ; comme elle le
montra dans l'état du mariage,
qu'elle contracta peu de temps
après avec un jeune homme de sa
qualité ; vivant avec lui aussi sagement et en aussi bonne intelligence, que si elle n'eût jamais
mené une vie si contraire à cet état
uniforme.

Cette désertion avoit néanmoins
tellement diminué la société de
madame Cole, qu'elle se trouvoit
seule avec moi ; telle qu'une poule
à qui il ne reste plus qu'une pou-
lette ; mais quoiqu'on la priât sé-
rieusement de recruter son corps,
ses infirmités et son âge l'engagèrent

à se retirer à temps à la campagne,
pour y vivre du bien qu'elle avoit
amassé; résolue de mon côté d'aller
la joindre dès que j'aurois goûté
un peu plus du monde et de la
chair, et que je me serois acquise
une fortune plus honnête.

Je perdis donc ma chère abbesse
avec un regret infini ; car outre
qu'elle ne rançonnoit jamais ses
chalands, elle ne pilloit non plus,
en aucune façon, ses écolières, ne
débauchant jamais de jeunes personnes, se contentant de prendre
celles que le sort avoit réduites au
métier, dont, à la vérité, elle ne
choisissoit que celles qui pouvoient
lui convenir, et qu'elle préservoit
soigneusement de la misère et des
maladies, où la vie publique mène
pour l'ordinaire.

A la séparation de madame Cole, je louai une petite maison à *Mary-bone*, que je meublai modestement, mais avec propreté, où je vivotois à mon aise des huit cents livres que j'avois épargnées.

Là, je vécus sous le nom d'une jeune femme dont le mari étoit en mer. Je m'étois d'ailleurs mise sur un ton de décence et de discrétion, qui me permettoit de jouir ou d'épargner, selon que mes idées en disposeroient : manière de vivre à laquelle tu reconnoîtras aisément la pupille de madame Cole.

A peine fus-je cependant établie dans ma nouvelle demeure, que me promenant un matin à la campagne, accompagnée de ma servante, et me divertissant sous des arbres, je fus alarmée par une toux

violente. Tournant la tête, je vis
un gentilhomme d'un certain âge,
très-bien mis, qui sembloit suffo-
quer par une oppression de poitrine, ayant le visage aussi noir
qu'un nègre. Suivant les observa-
tions que j'avois faites sur cette
maladie, je défis sa cravatte et le
frappai sur le dos, ce qui le rendit
à lui-même. Il me remercia, avec
emphase, du service que je venois
de lui rendre, disant que je lui
avois sauvé la vie. Ceci fit naturellement naître une conversation dans
laquelle il m'apprit sa demeure,
qui se trouvoit fort éloignée de la
mienne.

Quoiqu'il sembloit n'avoir que
quarante-cinq ans, il en avoit néanmoins plus de soixante, ce qui venoit d'une couleur fraîche et d'une

excellente complexion. Quant à sa
naissance et à sa condition, son
père fut méchanicien, mourut fort
pauvre, et le laissa aux soins de la
paroisse ; d'où il s'étoit mis dans
un comptoir à Cadix, où, par son
active intelligence, il avoit non-
seulement fait fortune, mais acquis
des biens immenses, avec lesquels
il retourna dans sa patrie, où il ne
put jamais découvrir aucun de ses
parens, tant son extraction avoit
été obscure. Il prit donc le parti
de la retraite, et vivoit dans une
opulence honnête et sans faste, re-
gardant avec dédain un monde dont
il connoissoit parfaitement les dé-
tours.

Comme je veux t'écrire une lettre
particulière, touchant la connoissance que je fis avec cet ami esti-
mable,

mable, je ne t'en dirai ici qu'autant qu'il en faut pour servir de
connexion à mon histoire, et pour
obvier à la surprise que cette aventure te causera.

Notre commerce fut fort innocent au commencement, mais il se
familiarisa peu-à-peu, et changea
enfin de nature. Mon ami possédoit non-seulement un air de fraîcheur, mais il avoit aussi tout l'en-
jouement et toute la complaisance de
la jeunesse. Il étoit outre cela excel-
lent connoisseur du vrai plaisir, et
m'aimoit avec dignité; ce qui faisoit oublier toutes ces idées dégoû-
tantes, que la vue d'un vieux galant fait naître ordinairement.

Pour couper court, ce bon-
homme me prit chez lui, et je vécus pendant huit mois, fort con-

M

tente , lui donnant de mon côté
toutes les marques d'amour et d'a-
mitié qu'il pouvoit prétendre : ce
qui me l'attacha de telle sorte ,
que mourant peu de temps après
d'un froid qu'il gagna en courant à
un incendie du voisinage , il me
nomma son héritière et l'exécu-
trice de ses dernières volontés.

Après lui avoir rendu les derniers
devoirs de la sépulture, je regrettai
sincèrement mon bienfaiteur, dont
le tendre souvenir ne sortira jamais de ma mémoire , et dont je
louerai toujours le bon cœur.

J'avois alors atteint ma vingtième
année ; j'étois belle, j'étois riche.
De tels avantages devroient être
plus que suffisans pour satisfaire
quiconque les possède; néanmoins,
semblable au malheureux Tantale,

je voyois mon bonheur sans le pouvoir goûter. Tandis que je vivois
chez madame Cole, le délire de la
débauche avoit, en quelque manière, suspendu mes regrets, et
banni de mon cœur le souvenir de
sa première passion. Mais dès que
je me vis rendue à moi-même, et af-
franchie de la nécessité de me pros-
tituer pour vivre, Charles reprit
son empire sur mon ame : son image
adorable me suivit par-tout, et je
sentis que s'il n'étoit témoin de ma
félicité, s'il ne la partageoit pas,
je ne pourrois jamais être heureuse.
J'avois appris, pendant mon séjour à *Marybone*, que son père
étoit mort, et que ce précieux
objet de ma tendre affection, devoit revenir incessamment en An-
gleterre. Je te laisse à penser, ma

chère amie, toi qui connois ce que
c'est que le véritable amour , avec
quel excès de joie je reçus cette
nouvelle, et avec quelle impatience
j'attendis le fortuné moment où
nous devions nous revoir. Agitée
comme je l'étois, il n'étoit pas possible que je demeurasse tranquille :
aussi, pour me distraire et charmer
mes inquiétudes , je résolus de faire
un voyage dans mon pays natal ,
où je me proposois de démentir
Esther Davis , qui avoit fait courir
le bruit qu'on m'avoit envoyée aux
Colonies. Je partis accompagnée
d'une femme-de-chambre, avec tout
l'attirail d'une dame de distinc-
tion. Un orage affreux m'ayant
surprise à douze milles de Londres ;
je jugeai à propos de m'arrêter dans
l'hôtellerie la plus voisine que je

trouvai sur la route. J'étois à peine
descendue de carosse, qu'un cavalier, contraint comme moi de
chercher un abri, arriva au galop.
Il étoit mouillé jusqu'à la peau. En
mettant pied à terre, il pria le
maître de la maison de lui prêter
de quoi changer pendant qu'on feroit sécher ses habits. Mais, ô
destin trop heureux! quel son en-
chanteur frappa tout-à-coup mon
oreille! et de quel ravissement ne
fus-je point saisie lorsque je l'envi-
sageai! Une large redingote, dont
le capuchon lui enveloppoit la tête,
un grand chapeau par-dessus, dont
les audaces étoient baissées; en un
mot, plusieurs années d'absence ne
m'empêchèrent pas de le recon-
noître. Eh! comment aurois-je pu m'y
méprendre? est-il rien qui puisse

M 3

échapper aux regards de l'amour ?
L'émotion où j'étois me faisant oublier toute retenue , je m'élançai
comme un trait entre ses bras, lui
passant les mains au cou, et l'excès
de la joie m'ôtant la liberté de la
parole, je m'évanouis en prononçant
confusément deux ou trois mots,
tels que : « Mon ame.... ma vie....
» mon Charles. » Quand je fus
revenue à moi-même, je me trouvai
dans une chambre, entourée de
tout le monde du logis, que cet
évènement avoit rassemblé, et mon
adorable à mes pieds , qui , me
tenant les mains serrées dans les
siennes, me regardoit avec des yeux
où régnoient à-la-fois la surprise ,
la tendresse et la crainte. Il resta
quelques momens sans pouvoir pro-
érer une syllabe. Enfin, ces douces

expressions sortirent de sa divine
bouche. « Est-ce bien vous , mon
» aimable, ma chère Fanny, après
» un si long espace de temps !...
» après une si longue absence !...
» m'est-il permis de vous revoir
» encore ?... n'est-ce pas une illu-
» sion ?... » Et , dans la vivacité
de ses transports , il me dévoroit
de caresses , et m'empêchoit de lui
répondre par les baisers qu'il imprimoit sur mes lèvres. Je me trouvois , de mon côté , dans un état si
ravissant , que j'étois effrayée de
mon bonheur , et tremblois que ce
ne fût un songe. Cependant , je
l'embrassois avec une fureur ex-
trême , je le serrois de toutes mes
forces , comme pour l'empêcher de
m'échapper de nouveau. « Où avez
» vous été (m'écriois-je....) com-

» ment, comment pûtes-vous m'a-
» bandonner ?... êtes-vous toujours
» mon amant ?.... m'aimez - vous
» toujours ?... oui, cruel ! je vous
» pardonne toutes les peines que
» j'ai souffertes pour vous, en fa-
» veur de votre retour. » Le dé-
sordre de nos questions et de nos
réponses, le trouble, la confusion
de nos discours étoient d'autant
plus éloquens, qu'ils partoient du
cœur, et que le seul sentiment nous
les dictoit.

Tandis que nous étions plongés
dans cette délicieuse ivresse, que
nos ames étoient absorbées dans la
joie, l'hôtesse apporta des hardes
à Charles, je voulus avoir la satisfaction de le servir et de l'aider
de mes mains, ainsi qu'on nous re-
présente les Nymphes et les Heures

servant le dieu du Jour. Aucune partie de son corps n'échappoit à mes regards ni à mes attouchemens. J'essayois de les sécher et d'en pomper l'humidité par la chaleur de mon haleine et de mes baisers.

Après avoir calmé nos transports, mon amant m'apprit qu'il avoit fait naufrage sur les côtes d'Irlande, et que ce qui causoit son désespoir, c'étoit l'impossibilité où ce désastre le mettoit de pouvoir désormais me faire aucun bien. L'aveu naïf de son infortune m'attendrit et m'arracha des larmes. Néanmoins je ne pus m'empêcher de m'applaudir secrettement de me trouver dans une situation de réparer ses malheurs.

Il seroit inutile, ma bonne, de te retracer ce qui se passa entre

nous cette nuit-là ; tu le devines aisément. Le lendemain nous re-
vînmes à Londres, et dans la route
je fis à Charles ma confession gé-
nérale. Comme la nécessité avoit eu
plus de part à mon libertinage que
le penchant, il me pardonna tout.
Je le sollicitai vainement d'accepter
ce que je possédois ; il ne voulut
jamais y consentir, qu'aux condi-
tions que notre amour fût ratifié
par des nœuds légitimes et indisso-
lubles. Enfin, tu sais le reste, tu
connois mon mari, tu es le plus
souvent avec nous, juge si j'ai lieu
de me plaindre de mon sort, ou
plutôt si je ne suis pas la plus heureuse femme du monde. Adieu ma
chère ; ce que j'exige de ton amitié,
c'est de ne point divulguer mes
égaremens, et de me croire, etc.

F I N.

www.ingramcontent.com/pod-product-compliance
Lightning Source LLC
Chambersburg PA
CBHW051146260626
47170CB00005B/1975